최강 직업[용기사]에서 초급 직업[운반꾼]이 되었는데,
어째서인지 용사들이
의지합니다 3

아마우이 시로이치
일러스트 이즈미 사이
옮김 정명호

contents

아득히 높은 신수 알 에덴의 꼭대기.
거기에 계속 틀어박혀 있었던 모카에게
자기 머리 위에서 사람이 떨어진다는 건
꽤 낯선 일이었다.

최강 직업에서 초급 직업이 되었는데,

어째서인지 용사들이 의지합니다 3

《용기사》

《운반꾼》

일러스트 이즈미 사이

아마우이 시로이치

악셀 그란츠
전 《용기사》, 현 《운반꾼》. 「하늘 나는 운반꾼」이라는 이명이 있다. 과거에는 용사 파티의 일원이었다.

바젤리아 하이드란티아
작렬하는 불을 관장하는 용왕 소녀. 평소에는 인간 모습으로 변신해 있다. 악셀을 주인으로 생각하고 따른다.

사키 리즈누아르
마술의 용사. 마왕 대전의 영웅. 악셀을 좋아한다.

데이지 코스모스
연성의 용사. 마왕 대전의 영웅.
악셀의 친구라 자칭하는 카벙클.

팡
성검의 용사. 마왕 대전의 영웅. 악셀을 존경하고 있다.
악셀이 용사 파티 일원이었던 시절의 동료.

시드니우스 그랑아블
신수 도시를 수호하는【신림 기사단】기사단장.

모카 페이
《대 박사》, 왕도 12 길드 중 하나인 마법 과학 길드 【카프리콘】의 길드 마스터.

마리온 후베루주
초일류 운반꾼 《공의비각》. 왕도 12 길드 중 하나인 【사지타리우스】의 길드 마스터.

도르트 카우프만
대전 시절에는 무투파 상인이라 칭송받던 노신사.
왕도 12길드 중 하나인【제미니아】의 서브 마스터.

c h a r a c t e r

성청해

GM 평야

●물의 도시
항구도시 실베스타

역참 마을

●바람의 도시
교역 도시 플라이

●별의 도시
개척, 방위 도시 크레이트

원시생림
프리모디얼 포레스트

원시생림
프리모디얼 포레스트

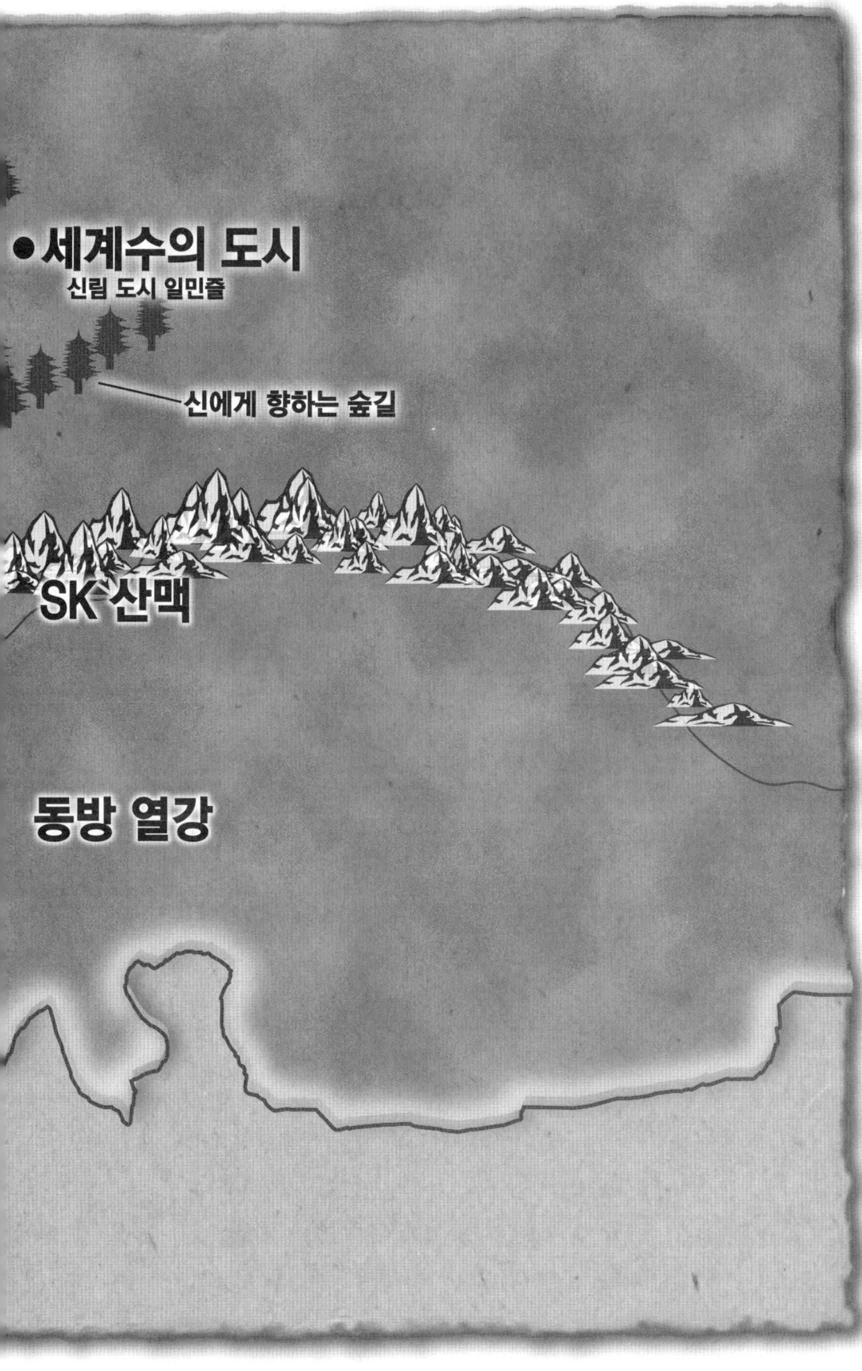
●세계수의 도시
신림 도시 일민즐
신에게 향하는 숲길
SK 산맥
동방 열강

지금까지 줄거리

왕가의 의뢰를 받아 용사 파티의 일원으로서 마왕 토벌에 나선 최강의 용기사 악셀.

그러나 마왕 퇴치와 동시에 부득이 《용기사》를 그만둬야 했던 그는, 스테이터스가 낮은 초급 직업인 《운반꾼》으로 전직하는 신세에 처하고 만다.

결국, 초급 직업이 된 악셀은 더는 위험한 일에 나가지 않아도 된다고 이를 긍정적으로 받아들이고 《운반꾼》으로 일하면서 파트너인 용왕 바젤리아와 함께 세상을 여행하면서 유유자적한 생활을 보내기로 마음먹는다.

하지만 머지않아 자신의 스테이터스가 《용기사》에서 이어지고 있다는 것을 알게 된 그는, 사상 최강의 초보자 《운반꾼》이 되어, 별의 도시 크레이트에서 운송 길드 【사지타리우스】의 조언을 들으며 다양한 의뢰를 처리하고 빠른 속도로 실적을 쌓기 시작한다.

《운반꾼》으로 크게 성장해 주민들로부터 『하늘 나는 운반꾼』이라는 애칭이 생겼을 무렵, 악셀은 성장의 징표로 『과거운송』이라는 스킬을 얻는다. 그 스킬은 과거, 즉 용기사 시절의 힘을 현재로 『운반』하는 스킬이었다. 악셀은 『과거운송』을 사용해서 더욱 어려운 의뢰를 수행하기 시작한다.

그러던 와중, 별의 도시에 문제가 발생한다. 마왕 대전 시절, 인간을 위협하던 '고룡'이 도시를 습격한 것이다.

건물이 무너지고 사람들은 고룡에게 잡아먹힐 위기에 처한다.

그러나 고룡의 횡포를 악셀이 가만둘 리 없었다.

의뢰를 끝내고 도시로 날아온 악셀은, 용기사 시절의 기술과 감각을『과거운송』으로 불러와 압도적인 힘으로 고룡을 쓰러트린다.

　그렇게 평화를 되찾은 별의 도시를 뒤로하고 악셀은 동료들과 함께 새로운 도시로 여행을 떠나기로 한다.

　악셀 일행이 처음으로 간 곳은 물의 도시──『항구도시』 실베스타. 바다에 있는 항구였다.

　동료의 소개로 해사 길드 대장과 인사를 나눈 악셀은 실베스타에서 의뢰를 수행하기 시작한다. 그러던 중, 과거 용사 시절의 동료였던 마술의 용사──사키와 재회하고, 악셀은 그녀와 운반꾼 일을 같이하게 된다.

　조선 길드의 길드장과 친분을 쌓는 등, 운반꾼으로서 착실하게 실적을 쌓던 어느 날, 악셀은 자기를 마수 편인 자──『마인』이라 칭하는 악당과 마주친다. 마인을 사로잡은 악셀은 그가 위험한 음모를 꾸미고 있음을 알게 된다.

　그는 거대한 괴물인 고대종──현무공을 이용해 실베스타를 습격하려는 계획을 세우고 있었다.

　그러나 악셀이 이를 알았을 때, 현무공은 이미 실베스타의 코앞까지 다가온 뒤였다.

　악셀과 동료들은 도시를 지키기 위해서 싸우기 시작했고 악셀은 현무공 토벌에 성공한다.

　그리고 다시 여행길에 오르는 악셀.

　그가 향하는 곳은『도시 안으로 사람들이 들어오지 못하게 하는 용사가 있다』라는 소문이 퍼져 있었는데──.

커버 그림, 본문 일러스트 | **이즈미 사이**

프롤로그 ◆ 마음만은 따라갈 수 있기를

항구도시 실베스타.

그곳에 머물던 팡은 이제 도시를 떠나려던 참이었다.

"그럼, 라일락 씨. 신세 졌습니다.

이야기 상대는 길드 마스터《여장군》라일락.

그녀가 이를 보이며 웃더니 고개를 흔들었다.

"무슨, 해준 거라곤 물자를 보급밖에 없잖아. 오히려 미안할 정도야. 알다시피 실베스타는 지금 마차도 제대로 다닐 수 없는 상황이라서."

"아하하, 어쩔 수 없죠. 현무공이 습격한 지 한 달도 지나지 않았으니까요."

현무공의 습격으로 항구도시에서 다음 도시로 향하는 마차가 모두 끊겼다. 마차뿐만 아니라 마차가 다니는 길까지 전부 망가졌다.

현무공이 쏜 마법 탄 때문에 도시 여기저기가 망가져 통 성한 길이 없었다.

"악셀 씨가 향한 곳은 내륙이니까 배로 갈 수도 없고."

그 말을 들은 팡은 쓴웃음을 지으며 고개를 끄덕였다.

결국, 두 사람은 걷는 게 가장 빠르겠다고 생각했다.

"외곽 도로도 뭐, 현무공의 암석 탄이 도시 바깥까지 날아갔으니까 말이지. 지금 생각해보면 외곽에 살던 사람들을 미리 대피소로 피난시켜서 다행이야. 악셀 씨 일행 덕분에 크게 다친 사람도 없었고……. 덕분에 복구 작업도 순조롭게 진행 중이지만, 결국 팡 씨에게는 불편을 끼쳤군."

"아닙니다. 마차보다는 늦겠지만 전 걷기도 자신 있거든요. 악셀 씨와는 달리 험한 길을 단번에 뛰어넘지는 못하니 좀 걸리겠지만."

말은 그렇게 했지만, 길이 아무리 험하다고 한들 10일도 걸리지 않을 것이다.

"역시 용사라 할 만하군. 믿음직해. 음…… 악셀 씨라면 이미 세계수의 도시──『신림(神林) 도시』 '일민즐'에 도착했겠군. 뭘 하고 있을까."

"아, 그 거대한 신수(神樹)가 있는 도시 말이죠? 글쎄요, 제가 가진 악셀 씨의 이미지라면 이미 현지 길드에서 의뢰를 받아서 신수와 관련된 소재를 운반한다던가, 뭔가 일을 해치우고 있을 것 같네요. 그것도 일민즐에서 유명해질 정도로! 그야말로 굉장히 멋진 모습으로 말이죠!"

"팡 씨가 악셀 씨를 어떻게 생각하는지는 잘 알겠네. 그야 일민즐에는 마법 과학 길드가 있으니까 의뢰도 물론 있을 테지. 도시 한가운데 있는 『신수』 '알 에덴'의 가호를 받은 도시니까, 살기도 좋을 테고……."

신림 도시에는 온 세상의 영양분을 빨아들였나 싶을 만큼 거대한 '세계수'라 불리는 나무가 있다.

신림 도시의 별명인『세계수의 도시』도 그 나무에서 따온 것이다.

"듣는 바로는 주변에 마수가 좀 많다는데, 뭐 신림 기사단이라는 든든한 조직도 있고, 무엇보다 생활이 쾌적하니 말이야. 그런데…… 용사가 사람 들어오는 걸 막고 있는 건 난관이군."

왕도에 그런 소문이 돌고 있다는 소식을 얼마 전에 들었다.

"뭐, 그것도 포함해서 정보를 수집하려고요. 최근 들어 너무 어수선해진 탓인지 정보 전달 속도도 느려졌고 정확도도 나빠졌으니까요……. 직접 가면 더 정확한 정보를 얻을 수 있겠죠. 각 도시에 대한 정보나, 마수, 마인에 대한 정보도."

"그거 힘들겠네."

"제가 하는 일이 그런 일이니까요. 이번 일 같은 경우는 왕도에서 기다리는 것보다 제가 직접 움직이는 게 편하기도 하고요."

아직 마왕 대전의 피해를 복구 중인 도시도 있다. 왕도에서 기다려봐야 정확한 정보가 온다고는 할 수 없다.

속보라면 더욱.

결국, 정확한 일처리를 하려면 직접 조사하는 게 빠르다는 것이다.

"거, 요즘 들어 갑자기 고대종이나 마인 이야기가 많은 것 같으니까 조심해, 팡 씨."

"걱정해 주셔서 감사합니다. 그럼, 다음에 뵙지요."

"그래, 다음에 만날 때는 좀 더 나은 대접을 해줄게. 악셀 씨 이야기도 더 듣고 싶고 말이야."

그렇게 팡은 라일락과 헤어진 뒤 혼자서 일민즐로 떠났다.

"어디까지나 소문이니까 진실인지 알 도리는 없고, 도착했을 때 어떻게 됐을는지…… 악셀 씨 일행에 아무 일도 없었으면 좋겠는데……."

제1장 ◆ 신이 내려주신 거목의 도시

　신림 도시로 이어지는 가도는 실베스타 북동쪽에 펼쳐진 평야를 일직선으로 가로지르고 있었다.

　나는 두 명의 동료, 두 명의 의뢰인과 함께 가도를 따라 걸어가고 있었다.

　"꽤 멀리 온 모양이야. 이제 바닷바람 냄새가 거의 안 나네."

　"응. 왠지 흙이랑 나무 냄새가 더 많이 나는 것 같아."

　동료인 바젤리아가 붉은 머리칼을 흔들면서 대답했다.

　그녀의 옆에는 또 한 명의 동료인 마술의 용사—— 사키가 있었다.

　"저 남매의 말에 따르면, 세계수의 도시…… 신림 도시는 구릉지대를 지나서 숲을 조금 가로지르면 나오는 모양이니까, 아마 곧 풍경이 변하겠네요."

　언제나처럼 웃는 얼굴로 나를 쳐다보면서 사키가 큰 소리로 말했다.

　"그러게. 녹음이 짙은 게, 마음이 차분한 여로가 될 것 같네."

　나도 약간 큰 소리로 대답했다.

　대화하기가 좀 불편하지만, 이동 대형을 그렇게 짰으니 어쩔 수 없었다.

우리는 지금 선두에 바젤리아와 사키, 그리고 뒤에 나와 남매를 둔 대형으로 걷고 있다.

출발 전.

"제가 선두에서 갈 테니까 악셀은 제 옆으로 와 주세요."

"뭣……! 내가 선두로 갈 테니까, 주인은 내 옆으로 와!"

""………….""

"흠, 그렇게 선두에 서고 싶단 말이지? 그럼 둘이 선두로 가."

""어?""

"난 뒤에서 의뢰인 남매를 보조하면서 갈 테니까, 이쪽은 걱정하지 말고 어서."

"……아아, 정말! 악셀의 한숨 소리가 안 들리잖아! 하이드라, 당신이 욕심을 부린 탓에……!"

"나도 주인 옆에서 주인의 체온을 느끼고 싶었는데, 리즈누아르, 네가 새치기했잖아……!"

"넌 여기 올 때까지 계속 악셀이랑 껴안고 있었으니 됐잖아!"

"리즈누아르야말로 아까 내 등에 탔을 때 주인한테 안겨있었잖아!"

티격태격 말싸움하면서도 착실하게 걸어가고 있으니 딱히 문제는 없을 것이다.

신수의 도시로 이어지는 길은 대체로 평지이다. 그녀들의 능력이라면 선두 역할에도 적합하니 나쁘지 않은 선택이다.

그런 생각을 하면서 나는 의뢰인 남매 쪽으로 고개를 돌렸다.

"세실이랑 조지는 괜찮아? 저 둘이서 싸우는 탓에 걸음이 좀 빨라졌는데."

내 바로 옆에 있는 창을 든 소녀와 대검을 등에 진 소년—— 이번 의뢰의 의뢰인인 세실과 조지다.

종종걸음으로 걸어가던 둘은 살짝 숨을 몰아쉬면서 대답했다.

"하아, 하, 괜찮……기는 한데, 악셀 씨에게는 이게 '조금 빠른' 정도구나."

"으응? 오히려 너무 느긋했나?"

"아, 아니! 전혀 그렇지 않아! 도리어 어제, 하아, 실베스타에서 출발했을 때부터 계속 달리고 있다고. 그렇지, 조지?"

"마, 맞아. 도장에서 오래달리기 지옥훈련을 하길 잘했어. 이번 여행길에서 그때랑 비슷한 수준으로 달리는 것 같아."

두 사람은 아직 할 수 있다는 의사를 비쳤다.

"으음, 둘 다 땀이 굉장한데…… 속도를 좀 줄이자."

서두를 필요도 없기에 그렇게 말했더니, 둘 다 힘차게 고개를 옆으로 흔들었다.

"아, 아니, 딱히 신경 써주지 않아도 괜찮아, 악셀 씨."

"맞아요! 저희 걱정은 안 해도 됩니다! 안 그래도 도중까지 바젤리아 씨를 타고 날아온 것도 모자라 멀미 때문에 포션까지 써주셨다고요."

"아니, 그럴 순 없지. 너희를 신림 도시에 있는 집까지 데려다 주는 게 의뢰니까."

이번 의뢰의 클라이언트는 이 남매니까 걱정하는 게 당연하다.

"더구나 이미 절반 이상 온 것 같고."

"아, 참. 악셀 씨 말대로, 이제 곧 신림 도시의 상징인 신수 '알 에덴'이 보일 거야. 워낙 푸르고 커다란 나무니까 한눈에 알 수 있을 거야."

"그럼 천천히 가도 되겠네. 나도 신림 도시는 걸어서 가 본 적이 없으니까, 이렇게 느긋이 풍경을 감상하며 가는 것도 즐겁거든."

그렇게 말하자 세실과 조지가 의외라는 듯 고개를 끄덕였다.

"어라? 악셀 씨, 신림 도시에 처음 가 보는 거야?"

"전 세계를 날아다니면서 용사 생활을 하셨으니까, '마법 과학 길드'가 있다든가 '신림 기사단' 총본부가 있다든가 하는 건 아실 것 같았는데……."

"아니, 둘 다 처음 듣는 말이야. 용기사 시절에는 하늘을 날아다녔으니까, 이렇게 평지를 느긋하게 걸어 다닐 일이 별로 없거든."

항상 하늘을 날아다녔으니까, 발아래가 어떤 풍경인지 살피고 다닌 적은 별로 없었다.

그런고로 마법 과학 길드라던가 신림 기사단이 뭔지 전혀 몰랐으므로, 나는 자매에게 설명을 들으며 나아갔다.

내가 이렇게 천천히, 혹은 이것보다 더욱 느긋하게 가는 것도 좋은 것 같다고 말하자.

"우리는 종종걸음으로 겨우 따라가고 있는데 천천히 가는 거라니, 역시 용사는 차원이 다르구나⋯⋯."

"아니, 그런 뜻으로 말한 게⋯⋯. 그보다, 지금은 용사가 아니라 운반꾼이다만."

그렇게 남매와 이야기를 나누며 걸어가던 도중.

"주인~ 앞에 뭔가 있어――."

바젤리아의 목소리가 들렸다.

"옆에도 있네요."

사키가 덧붙였다.

자매에서 고개를 돌려 앞을 보자 마수가 눈에 들어왔다.

"⋯⋯그르르⋯⋯!"

머리가 둘 달린 사족보행 마수―― 오르토로스(쌍두의 변견) 무리였다.

날카로운 송곳니와 발톱이 특징이며, 두 다리로 서면 사람만 한 덩치를 가지고 있다.

오르토로스들은 군침을 흘리면서 이쪽을 보고 있었다.

"윽, 오르토로스인가⋯⋯!"

"오, 알고 있어?"

"응. 전에도 길에서 싸웠던 적이 있거든. 강한 녀석들이야!"

그렇게 말하면서 두 사람은 무기를 단단히 쥐었다.

"그때는 모험가 길드에서 붙여준 사람들이 함께 있었는데도, 단 한 마리를 상대로 부상자가 여럿 나왔었어."

"그래, 이번에는 그때보다 더 열심히 싸워야지!"

전의가 넘치는 건 더할 나위 없지만,

"둘 다 진정해. 저걸 상대로 그렇게 기를 쓸 필요는 없어."

"어째서?"

"안전하게 쫓아낼 방법이 있거든."

여행 서포터의 역할에는 전투 보조 이외에도 의뢰인을 무사히 목적지까지 호위하는 것도 포함되어 있다.

그렇기에 나는 서포터로서 그들의 앞으로 나섰다.

"가아!!"

그러자 오르토로스 무리 중 일부가 옆으로 줄지어서 나에게 달려왔다.

가시 달린 꼬리를 세우고 요란하게 짖어대며 다가오는 모습을 바라보며.

"──잠깐 미안한데."

나는 크게 한 걸음 내디뎠다.

"──?!"

이쪽이 내디딜 거라고는 예상하지 못했는지 놀란 오르토로스의 발이 멈칫했다.

나는 그 틈을 놓치지 않았다.

"잠깐 자고 있어."

무리 가운데에 있던 녀석의 다리를 후려 몸을 뒤집었다.

배를 드러내고 누운 오르토로스의 턱과 복부를 곧바로 무릎으로 찍었다.

"캬욱……!"

그러자 오르토로스는 소리를 한번 지르고는 움직이지 않았다.

"다, 단숨에 쓰러트리다니! 저 녀석들 꽤 무거울 텐데 굉장해……!"

"아, 악셀 씨, 아직 마수들이 남아 있어! 거기 가만히 있으면 위험해——!"

그런 소리가 뒤에서 들려왔다.

그렇지만, 주위 상황을 보고 목소리가 바뀌었다.

"어라? 오르토로스들이 물러나네?"

방금까지 우리를 둘러싸고 있던 오르토로스들이 전부 뒷걸음질 치고 있었다.

"적의가 사라진 것도 모자라 겁을 먹은 것 같은데, 누나?"

눈빛은 흔들리고 있었으며, 다리까지 떨고 있었다. 꼬리도 축 늘어져, 이쪽에 달려오던 기세는 어디로 갔나 싶을 정도였다.

"저, 저기, 이게 어떻게 된 거야, 악셀 씨?"

내 옆으로 다가온 세실이 떨리는 목소리로 나에게 물었다.

좋은 기회라고 생각하면서 그녀의 질문에 대답했다.

"이게 오르토로스의 특징이야. 이 녀석들은 무리를 지어서 다니는데, 그 집단의 리더를 제압하면 겁을 먹고 다가오지 않거든. 거기다가 이렇게 리더를 배를 드러내게 해서 굴복시키면 전부 도망치기 일쑤지."

"우……."

내 무릎 밑에 쓰러져 있는 리더의 신음을 들었는지, 오르토로스들이 점점 나에게서 멀어져 갔다.

"정말이네……! 그, 그렇다고 해도 어떻게 한눈에 리더를 알아?"

"아, 리더는 눈을 보면 알 수 있어. 다른 녀석들은 눈이 파란데 이 녀석만 눈이 빨갛잖아?"

"아…… 진짜다."

발밑에 있는 리더의 얼굴을 보여 주면서 설명하자 둘은 고개를 끄덕였다.

리더는 가장 많이 먹는 만큼 마력도 많기에 눈의 색이 변한다. 그 덕분에 다른 마수들보다 대처하기 쉽다.

"하지만 악셀 씨, 용케도 그 짧은 순간에 그걸 구분했네."

"그렇게 잔뜩 몰려왔는데…… 굉장해!"

두 사람은 왠지 부르르 떨고 있었지만, 이것은 단순한 지식의 차이에 지나지 않는다.

"아니, 익숙해지면 너희들도 할 수 있어. 만났을 때 눈만 확인하면 되니까 이 정도는 머리로만 알고 있어도 할 수 있잖아?"

시키 말대로 구별법만 알면 어렵지 않게 구별할 수 있다.

이런 지식을 알아 두는 것만으로 수고를 덜 수 있다.

"자, 이제 가라."

나는 오르토로스 리더의 구속을 풀었다.

그러자 리더는 비틀거리면서 일어나 무리로 돌아갔다.

"어?! 저, 저기. 놓아줘도 괜찮아?"

"괜찮아. 이렇게 하면 저 오르토로스 무리는 사람을 덮칠 생각을 하질 않게 되거든. 그리고 그게 습성으로 굳어져 다른 무리가 사람을 공격하는 걸 도리어 막기도 해."

"그, 그렇습니까?"

"뭐, 실제 써먹기에는 오르토로스가 강해서 별로 알려지지 않은 방법이긴 하지만."

하지만 이건 왕도의 마수 연구소에서 밝혀낸 사실이다.

"그러니까 굳이 토벌하기보다 이렇게 하는 게 여러모로 좋다는 거지."

그렇게 말하자 조지는 그렇구나, 하고 고개를 끄덕였다.

"……그렇군요. 오르토로스와 싸우면 사람들도 다칠 테고, 그렇다고 씨를 말렸다가 더 위험한 게 튀어나오면 골치 아프니까요. 지나치게 사냥했다가 생태계가 무너져서 더 위험한 녀석들이 나왔다는 이야기도 자주 듣고."

"그런 거지. 이런 걸 보면 아무래도 녀석들은 환마(幻魔) 생물에 가까운 것 같고. 그러니까 죽이는 것보다는 이게 나을 거야."

"환마 생물이요?"

내 말에 조지는 고개를 갸웃거리자 대신 세실이 대답을 했다.

"어…… 바젤리아 씨 같이 몸은 마수 같더라도, 이성을 가지기에 인간에게 우호적인 경우를 말하는 거였죠?"

"오, 세실은 알고 있구나. 뭐, 분류 방법은 여러 가지 있지만 대강 그렇게 알면 돼. 저 녀석들도 더는 사람 앞에 나타나지 않을 거야."

리더 오르토로스는 동료들에게 둘러싸여 있었는데, 내가 조금 다가가자 그들은 고개를 숙이고는 멀리 도망쳤다.

이윽고 오르토로스의 모습이 완전히 시야에서 사라졌다.

"악셀 씨가 말한 대로 흩어졌어, 누나……."

"악셀 씨는 마수를 잘 알고 있네……."

"뭐, 예외가 없다고는 할 수 없으니 과신하지는 마. ……바젤리아, 사키. 어때?"

아직 긴장을 늦추지 않고 있는 두 사람에게 말했다.

그러자 그녀들은 뒤돌아 손을 흔들었다.

"더 보이는 건 없는 것 같아──."

"아무런 진동도 없는 거로 보아 땅속도 이상 없어요."

큰일 없이 해결한 모양이다.

"OK. 그럼 이참에 조금 쉬었다가 가자."

"쉬었다가…… 괘, 괜찮겠어? 아직 악셀 씨 일행은 체력에 여유가 있잖아."

"물론이지. 우리 셋만 체력이 남아도 의미가 없으니까. 그리고 내 요리는 조금이지만 몸을 회복하거나 강화하는 효과가 있거든. 적당히 만들어 줄 테니 그걸 먹고 나서 다시 세계수의 도시로 가자."

그렇게 말하자 세실이 기쁜 듯이 대답했다.

"아, 네! 감사합니다."

"악셀이 요리를 해준다니……! 이건 아내로서 꼭 맛을 봐야겠군요."

"리즈누아르가 또 이상한 소리를 하네. 하지만 주인의 요리라니 기대된다~!"

"하하, 간단한 거니까, 금방 만들어 줄게."

일행의 대답을 들으며 나는 요리를 시작했다.

"조지, 역시 우리가 운이 좋은 것 같아."

"응. 이렇게 경험도 많고 믿음직스러운 사람들이라니, 최고의 파티원이야……."

점심 식사를 마친 우리는 평지를 지나 숲길을 걷고 있었다.

그리고 출발하기 전.

"방금까진 선두에 있었으니까 이번에는 뒤를 맡을게요! 악셀 씨도 같이 가는 게 어떻습니까?"

"아니, 계속 내가 앞을 차지하고 있는 것도 그러니까, 이번에는 내가 뒤로 갈게! 주인과 함께 뒤는 맡겨줘!"

"과연, 둘이서 뒤를 지켜 준다니, 든든한걸?"

""앗⋯⋯.""

"슬슬 세실과 조지에게 길 안내를 부탁하려고 했거든. 고마워."

""으윽⋯⋯.""

이런 대화를 한 결과, 다시 대열이 바뀌었다.

나와 남매가 앞, 사키와 바젤리아가 뒤쪽이다.

"흉내쟁이 잉여용⋯⋯!"

"고집쟁이 마술의 용사⋯⋯!"

뒤에서도 사이가 좋은 모양이니 별문제 없을 것 같다.

그렇게 걷기를 잠시.

"이 나무 터널을 지나면 도시와 신수가 보일 거야, 악셀 씨."

세실이 그런 말을 했다.

"벌써 다 온 건가. 숲치고는 길이 잘 닦여있다 싶더니만, 마을
이랑 가까운 곳이라서 그랬구나."

"맞아. 이 근처는 신림 기사단이 토목작업을 맡아 하고 있거든."

바닥도 단단하고, 길도 곧은 이유가 있었다.

"그 신림 기사단은 꽤 열심인 모양이군. 첫 길드가 생겨날 때쯤
창설된 유서 깊은 기사단이라고 했었지?"

오는 길에 세실에게 들은 바로는 그렇다.

"상당히 하는 일이 많은가 봐?"

"응. 성실하고 좋은 기사들이 모여 있거든. 신수를 내려주신 신의 가호를 받을 수 있다고 해서 인기도 많아. 해외에도 지부가 있을 정도라니까? 신림 기사단이라는 이름 자체가 이미 상당한 영향력을 가지고 있어. 신수 위에 연구소와 길드 본부를 설치한 마법 과학 길드 『카프리콘』도 외관으로 유명하지만, 신림 기사단은 오랜 역사와 해외 활동으로 유명해."

"그렇구나. 근데 마법 과학 길드 본부가 나무 위에 있어?"

어떻게 생겼을지 상상도 안 되는군.

새로운 도시에 올 때마다 느끼는 거지만, 정말 모르는 게 많다.

그런 생각을 하고 있자니, 문득 세실이 반응했다.

"아, 저기 봐, 줄기가 보이기 시작했어."

세실은 그렇게 말하고 속도를 조금 높였다. 옆에 있던 조지도 마찬가지였다.

나도 그들을 쫓아서 터널을 빠져나갔다.

"저게 신수와 신림 도시인가……."

도시 한가운데 한참을 올려다봐야 할 정도로 거대한 나무가 서 있었다.

건물이 작아 보일 만큼 정도로 두껍고 커다란 나무였다.

"어때, 굉장하지!"

"이게 우리 도시의 심볼이에요!"

"……장관이구만."

하늘에서 봤을 때는 이렇게 클 거라고는 생각하지 않았다.

"와, 줄기가 너무 두꺼워서 반대편이 안 보이는 나무는 처음이야!"

바젤리아도 놀란 것 같다.

그녀도 지상에서 보는 건 처음이겠지.

신림 도시는 신수를 중심으로 동심원을 그리듯 자리 잡고 있다고 했는데, 그 도시가 작게 보일 정도로 커다란 나무였다.

도시의 상징이 될 만도 하구나.

그렇게 생각하면서 나는 문득 떠오른 생각을 입에 담았다.

"그런데 신수가 생각만큼 파릇파릇하지는 않네."

"응······?"

악셀이 한 말에 세실이 반응했다.

"파릇파릇하지 않다니······ 신수는 영원히 푸를 텐데?"

"그런 것 치고는 윗부분의 상태가 영 안 좋은 것 같다만."

악셀의 말을 들은 세실은 신수의 윗부분을 쳐다봤다.

악셀의 말대로 파릇파릇한 신록의 잎이 있어야 할 자리에 적갈색 잎이 자리 잡고 있었다.

"정말이네······? 신수도 단풍······이 드나?"

"누나, 전에 비가 너무 많이 와서 그런 게 아닐까?"

"글쎄. 적어도 나는 날씨에 따라 변하는 건 본 적 없어."

아니, 애초에 이런 색깔로 변한 걸 처음 봤다.

신수는 크기로 보나 전설로 보나 어떻게 봐도 평범한 식물이 아니다.

그렇기에 단풍이 10년 간격으로 온다고 해도 이상할 것은 없지만…….

"이게 흔한 일은 아니라는 거지?"

"아, 응. 정말 이례적인 일이야. 방금도 말했지만, 신수는 말 그대로 상록이고…… 적어도 내가 조사한 바로는 지금까지 신수에 단풍이 든 적은 단 한 번도 없었어."

신에게 신수를 받은 지 백 년 이상 지났다는 건 들어서 알고 있다. 그때부터 지금까지 계속 파릇파릇한 상태였는 것도.

그러나 지금 신수의 위쪽은 녹색이 거의 보이지 않았다.

"그럼 도시 사람들한테 한번 물어볼까."

"그래…… 마침 우리 집이랑 도장이 신수 바로 옆에 있으니까 거기서 물어보는 게 좋겠어."

"그러고 보니 이번 의뢰는 거기까지 데려다주는 거였지. 그럼 그렇게 하자."

그리고 세실은 남동생, 악셀 일행과 함께 미묘한 변화가 일고 있는 고향으로 향했다.

신수의 도시에 들어간 우리는 중앙대로를 따라 걸어갔다.

큰길은 상가이기 때문에 사람이 많은 만큼 정보 수집에는 최고의 장소다. 남매의 집으로 가는 길이 이 길인 탓도 있었지만.

즉시 가게 사람들에게 신수에 무슨 일이 있었는지 조사했다.

"신수에 변화가 생긴 이유에 대해서는 거의 모른다는 사람이 많았어."

나를 포함하여 세실과 조지, 사키와 바젤리아도 별다른 정보를 얻지 못한 모양이었다.

"이쪽도. 애초에 신수에 무슨 일이 있으면 마법 과학 길드가 가장 먼저 발표했을 텐데 아무런 발표도 없었던 모양이야. 그냥 원래 그런 거 아니냐는 사람도 있더라고."

"저도 하이드라와 여기저기 물어봤습니다만, 이렇다 할 정보는 없었어요."

결국 아무도 모른다는 거군.

"으음, 직접 신수를 조사해보는 수밖에 없나."

그렇게 말한 순간.

"잠깐, 운반꾼 형씨, 신수 쪽으로 가려고?"

근처 상점에 줄을 서고 있던 큰 주판을 허리에 달고 있는 남자가 갑자기 말을 걸어왔다.

"그럴 생각이다만."

초면에 느닷없이 말을 걸어오다니, 싹싹한 사람이구먼.

주판을 들고 있으니 상인일 것이다.

"아, 지금은 신수에 가지 않는 게 좋아."

"가지 않는 게 좋다고?"

"그래. 형씨, 운반꾼이니 마법 과학 길드에서 뭔가 의뢰를 받을 생각이었지?"

"아니 딱히 그런 건 아닌데……. 이제 막 여기 도착한 참이거든. 듣자 하니 길드가 신수 위에 있는 모양이고, 나중에 가 볼까 생각은 했지만."

그러자 상인은 조금 미묘한 표정을 지었다.

"역시 처음이었나. 계속 두리번거리길래 예상은 했지만. 하지만 관광이라도 역시 그만두는 게 좋아. 마수인지 뭔지 모르겠는데, 기묘한 금속체가 신수 주변을 돌아다니고 있거든."

"마수라고? 도시 안에?"

"그래, 신수에 단풍이 든다고 해서 조사하려고 용사를 불렀다는데, 그 후 갑자기 나타나기 시작했어. 사람을 공격하지는 않는데, 신수 근처에 다가가려고만 하면 사납게 위협하면서 막아서거든. 기묘하지?"

"그거 희한하네. ……토벌한다는 이야기는 없어?"

마수가 마을 안에서 활보한다면 상식적으로 내쫓을 터.

그러자 남자는 고개를 옆으로 흔들었다.

"모험가 길드나, 신림 기사단에 말해도 대처 중이라는 답변이 돌아올 뿐이더군. 마법 과학 길드 연구소에서 신상품을 개발했다니 보러 갈까 했는데."

"흠── 생각만큼 신수에 올라가는 게 어렵지 않은 모양이네?"

"체력만 있으면 그렇지. 나무 안쪽에 나선 슬로프와 계단이 있거든. 지금은 마수 때문에 통 다가갈 수가 없으니 의미 없지만."

"다른 방법은 없어?"

"없어. 신수 곁에는 마력이 흐르고 있는데, 그 탓인지 마법이 통 들질 않거든. 다시 말해 마법으로 올라가는 건 불가능하단 거지. 신림 기사단에 위에 가야 하는 사정을 설명해도 다른 꿍꿍이가 있는지 영 행동이 굼뜨고. 아마, 당분간은 어렵지 않을까?"

"그렇군…… 알려줘서 고마워."

고맙다고 인사하자, 남자는 쓴웃음을 짓고 고개를 옆으로 흔들었다.

"천만에. 이 도시는 군이 신림 주변이 아니더라도 즐길 게 많아. 그런데 도시 첫인상이 나빠 즐기지 못하면 아깝잖아? 부디 즐겨달라는 거지. 그럼, 형씨."

그렇게 말하고 떠나가는 남자의 뒷모습을 쳐다보고 있자니, 옆에 있던 바젤리아가 나에게 말했다.

"어쨌든 친절한 상인의 말은 신수가 정상이 아니란 거네, 주인?"

"그런 것 같다. ……세실, 혹시나 해서 묻는데, 마수가 자주 들어오거나, 그런 건 아니지?"

"물론이야. 만약 들어오더라도 곧장 신림 기사단이 토벌하겠지. 그런데 대체 왜 이렇게 된 거지?"

"글쎄. 일단 의뢰는 너희를 집까지 데려다주는 거니까 나는 신수로 향할 생각이다만, 너희는 어떻게 할래?"

그러자 세실은 조지와 얼굴을 마주 보고는 서로 고개를 끄덕였다.

"나도 도장이 어떻게 됐을지 조금 신경 쓰여. 위험하다고는 했지만 그래도 집까지 데려다줬으면 좋겠어."

"그래, 알았어."

"여기는 건물 하나하나가 상당히 크네."

이게 신수와 가까운 거리에 들어서자마자 제일 먼저 나온 감상이었다.

도시 바깥쪽은 집이나 상점이 줄지어 있어서 북적거렸지만, 신수에 가까워질수록 사람이 줄어들어 조용한 분위기가 흐르고 있었다.

"응, 신수 주변에는 신수 연구자나 마법 과학 길드 관계자들이 사는 복합주택이 많이 있거든. 그밖에는 길드가 생기기 전부터 신수 주변에서 살던 집안이나, 신수의 가호를 바라고 들어온 부자 정도려나?"

"그렇구나. 그런데 사람이 사는 것 치고는 너무 조용한 것 같은데, 원래 이런 거야?"

"아니, 원래 조용한 동네이긴 하지만 이렇게 적막이 흐르진 않아. 좀 더 부드러운 분위기랄까……."

생활 소음조차 거의 들리지 않았다.

나는 고개를 돌려 바젤리아와 사키를 보았다.

"나도 거의 들리지 않아. 아예 사람이 다니지 않나 봐."

"동감이에요. 조용한 것도 싫지 않지만, 이건 이상하네요."

그녀들도 사람의 기척이 느껴지지 않는 모양이다.

이곳 주민인 세실이랑 조지도 곤혹스러워하고 있다. 그만큼 이상 사태란 이야기다.

무슨 일이지?

그런 생각을 하며 내가 신수를 향해 다가가려는 순간.

"——가까이 오지 마……!!"

앞쪽 골목에서 그런 목소리가 들렸다.

"여기서부터는 통행 금지다……!!"

"——앗?! 저게 아까 상인이 말했던 금속계 마수인가? 아니면 골렘?"

"터무니없는 마력이 느껴지는데……!"

세실과 조지가 곧장 무기를 고쳐 쥐었다.

조지의 말대로 금속체 사족 짐승은 몸에 강력한 마력을 두르고 있었는데, 주변에 창같이 날카로운 물체들이 둥둥 떠 있었다.

두 사람이 경계하는 것도 당연했다.

그렇지만.

"어, 너……."

나에게는 '적'이 아니었다. 그리고 그건 상대도 마찬가지였다.

"어……? 그 목소리랑 얼굴은, 설마……!"

그러자 금속 마수는 창을 바닥에 내려놓고 유유히 다가왔다.

나도 그에 맞춰 앞으로 나아갔다.

"어어, 잠깐, 악셀 씨?! 위험해!"

"아, 괜찮아."

그렇게 말하고는 금속 마수와 서로 몇 초간 마주 봤다.

"응, 역시! 내 생각이 맞았어!"

금속―― 정확히는 철갑옷 안에서 그런 밝은 목소리가 들렸다.

그리고는 곧장 철갑옷이 달그락거리면서 분리되었고, 갑옷의 주인이 튀어나왔다.

"친구! 내 친구, 악셀이잖아――!!"

갑옷의 주인은 곧장 튀어 올라 내 어깨 위에 올라섰다.

"역시 너였구나, 데이지!"

여우보다 훨씬 작은 몸집에 가슴에 반짝이는 보석이 달린 노란색 환마 생물―― 연금의 용사였다.

최강 직업(용기사)에서 초급 직업(운반꾼)이 되었는데,
어째서인지 용사들이
의지합니다

제2장 ◆나무에 들어간 운반꾼

"이 그리운 감촉, 오랜만이야 친구!"

가슴에 있는 푸른 보석을 반짝이면서 내 뺨에 그 작은 몸을 문지르는 데이지를 보고, 나는 무심코 쓴웃음을 지었다. 실베스타에서도 이런 일이 있었지, 하고.

"힘이 넘치나 보네, 데이지?"

"그야, 친구를 만났으니까 말이지. 당연히 기운이 나지 않겠어? 거기에 사키랑 바젤리아, 맞지?"

아무래도 내 뒤에 두 사람이 있다는 것도 눈치챈 것 같다.

그리고 카벙클과 면식이 있는 사키와 바젤리아도 놀라지 않았다.

"자주 보던 갑옷이었으니까요. 어쩌면 코스모스, 당신일지도 모르겠다고 생각했어요. 여기 머물고 있었군요."

"오랜만이야, 연성의 용사~!"

"응응. 두 사람도 오랜만이야!"

두 사람의 인사에 데이지는 앞발을 들고 대답했다.

전에도 이런 식으로 이야기했었지.

"으음~ 저기, 악셀 씨? 이야기 도중에 미안한데, 그분…… 혹시 연성의 용사, 데이지 코스모스 님이야?"

놀라움과 의문, 그리고 조금 흥분이 섞인 표정으로 세실이 말했다.

말투로 보아하니 연성의 용사인 데이지를 알고 있는 모양이지만, 그 용사가 갑자기 날 친구라 부르며 나타났으니 놀라는 것도 당연하다.

……용사들과 만날 때마다, 주변 사람들한테 설명하고 있는 것 같은 기분이 들기도 하지만.

그렇다고 해도, 옛날에도 비슷한 일을 하고 있었으니까 사실 이미 익숙하다.

나는 허리를 조금 숙여 어깨 위에 있는 데이지를 남매에게 보여줬다.

"맞아. 이 아이가 바로 마왕 대전에서 나와 함께 싸운『연성의 용사』데이지야. 갑옷 모습이라면 몰라도 이 모습은 본 적 있지?"

"아, 응! 전에 본 적이 있으니까 용사 파티에 카벙클 용사님이 있다는 건 알고 있었는데, 설마 여기서 마주칠 줄은 몰랐거든, 깜짝 놀랐어……."

"예. 저희가 실베스타로 떠나기 전에는 없었으니까요."

세실과 조지는 여전히 놀란 표정을 유지하고 있었다.

"흠…… 이봐 친구, 이 아이들은 누구야?"

데이지가 자매를 한 번 보고, 나에게 그렇게 물었다.

아, 사지에 힘이 들어간 걸 보니, 이거 남매를 경계하고 있군.

뭐, 카벙클이니까.

카벙클은 몸에 강력한 마력을 가진 보석을 품고 있기에 먹이로 삼거나, 상위 종에 공물용으로 바치려고 마수에게 습격을 당하는 일이 많다.

그렇기에 낯선 물건이나 사람에 늘 강한 경계심을 품는다.

데이지는 남매와는 초면인 모양이다.

말하자면 데이지가 품은 경계심은 자연스러운 거란 이야기다.

아무래도 내가 데이지에게 남매를 소개해줘야 할 것 같다.

"이 아이들은 이번 운반꾼 일 의뢰인이고 우수한 모험가야. 이 도시 출신으로, 집이 이 근처라서 데려다주러 왔어. 여기까지 길 안내를 해준 것도 이 아이들이지."

내 말을 듣고 긴장이 조금 풀렸는지, 데이지의 몸에서 조금 힘 이 빠지는 게 느껴졌다.

"그랬구나. 의뢰를 방해해서 미안하네. 나도 이 도시에 온 지 얼마 되지 않아서, 여기 사람인지 몰랐어. 뭐, 이제 막지 않을 테니, 둘 다 잘 부탁해!"

"아, 네. 잘 부탁드립니다!"

"와, 굉장해! 설마 여기서 또 다른 용사와 이야기를 나누게 될 줄이야……!"

어쩐지 두 사람이 격하게 감동하고 있었다.

"그런데, 운반꾼 의뢰라니……. 악셀이 운반꾼으로 전직했다는 소문이 사실이었구나.”

문득 데이지가 어깨 위에서 그런 말을 꺼냈다.

“뭐야, 알고 있었어?”

운반꾼이 되고 나서 만나는 건 처음이다.

“물론. 친구랑 이름이 같은 『하늘 나는 운반꾼』의 소문은 챙겨 듣고 있었지. 고룡을 토벌했다든가 뭘 했다든가 여러 했다는 것도 알고 있어. ……그렇다고 할까, 이거 틀림없이 내가 아는 악셀이구나 했어.

아무래도 『하늘 나는 운반꾼』은 신림 도시까지 소문이 퍼진 모양이었다.

“용케 소문만 듣고 나인 줄 알았네?”

“그야, 고룡을 쓰러트릴 수 있는 운반꾼이라니, 너무 이상하니까. 다른 사람일 가능성이 전혀 없는 건 아니지만, 내 친구니까. 직업이 바뀌어도 그 정도 실력은 있는 게 당연하다고 생각했거든!”

데이지는 내 어깨를 톡톡 두드리면서 말했다.

남들보다 경계심이 강할 데이지도 나와 관련이 있으면 사키처럼 이성과 감정이 뒤섞여 무뎌지는 구석이 있는 모양이다. 뭐, 그 운반꾼이 결국은 나니까 상관없지만.

……오랜 친구이기에 서로를 잘 알고 있다.

설명할 수고를 던 나는 대답 대신 데이지의 머리를 강하게 쓰다듬었다.

그러자 데이지가 기쁜 듯한 표정을 지었다.

"아~ 그래 이거야. 이 손은 여전하구나. 기분 좋네, 친구──."

오랜만에 쓰다듬었지만 싫어하지 않았다. 다행이군.

"으음…… 뭐랄까, 처음 보는 광경도 아닌데 주인이랑 연성의 용사가 저러고 있으니 질투가 솟는데……. 주인이 투구를 벗어 맨살인 게 더욱이. 나도 하고 싶어!"

"우연이네요. 나조차 저렇게 달라붙은 적이 없는데, 코스모스에게 질투심이 끓습니다. 사람이 아니라서 겨우 참고 있다고요."

데이지를 쓰다듬고 있자니 그런 대화가 들려왔다.

"뭔가 검은 시선이 날아오는데?"

머리 위에서 데이지가 움직였다.

그 순간 바젤리아와 사키의 표정이 단숨에 변했다.

"저, 저 카벙클이! 분명 자랑하듯 이쪽을 쳐다봤어요……!"

"'주인의 머리랑 어깨 위는 내 거야'라는 표정이었어, 연성의 용사……!"

"아하하, 두 사람도 옛날이랑 똑같네──."

"데이지, 사키랑 바젤리아를 놀리는 건 그쯤 해 둬. 아니, 이렇게 아니지. 만나서 반갑기는 한데, 너는 여기서 대체 뭘 하고 있던 거야?"

나는 잠깐 잊고 있던 질문을 꺼냈다.

그러자 데이지의 움직임이 부자연스럽게 굳었다.

"으음~, 친구한테는 이야기해도 괜찮을 것 같긴 하지만……."

쉽사리 꺼내기 어려운 이야기인 모양이다.

"뭔가 안 좋은 사태야?"

"뭐, 조금? 이거 내가 말해도 되는 건가……."

내 어깨에 올라탄 데이지와 이야기하고 있자니,

"데이지 님. 뒤는 제가 설명하겠습니다."

앞에서 그런 목소리가 들렸다.

문득 보니 땀범벅인 중년 남성이 다가오고 있었다.

가죽에 금속을 덧댄 갑옷을 껴입고 있었는데, 갑옷 틈새로 보이는 육체가 매우 탄탄해 보였다.

전투 직업인가 하는 생각을 하고 있자니.

"아, 아버지!"

"아버지!"

내 뒤에서 남매의 목소리가 들렸다.

그러자 중년 남성은 남매를 바라보며 부드럽게 미소지었다.

"오랜만이구나. 두 사람 다 어서 오거라."

그대로 시선을 남매로부터 데이지에게 시선을 옮기고 가볍게 인사했다.

"데이지 님. 바쁘신 와중에 순찰을 대행해 주셔서 감사합니다."

"천만에, 시드니우스. 약품 효과 실험 결과가 나올 때까진 어차피 할 일도 없고. 기분전환이지."

데이지가 한 말에 시드니우스라는 남성은 마음을 놓은 듯이 한숨을 내쉬었다.

"저희끼리 감당할 수 없는 넓은 범위를 순찰해주셨는데, 그렇게 말씀해 주시니 감사합니다. 그리고 그쪽은 혹시 운반꾼 악셀 씨 아니십니까?"

시드니우스가 내 얼굴을 보면서 그렇게 말했다.

"어라, 어디서 만난 적 있던가?"

공교롭게도 나는 시드니우스 얼굴도, 이름도 모른다.

그러니까 내 얼굴이 알려졌다는 사실이 놀라웠다.

그냥 데이지와 나누던 이야기를 들은 것뿐인지도 모르지만.

그렇게 생각하면서 되물어보자 시드니우스는 기쁜 듯한 표정으로 고개를 저었다.

"아, 직접 뵙는 건 처음입니다만……『하늘 나는 운반꾼』님의 소문은 익히 들어 잘 알고 있습니다. 일찍이 용기사의 파트너였던 소녀 용과 마술의 용사가 함께 다니는 악셀이라는 운반꾼이 있다고 말이지요. 설마, 저희 아이들과 같이 계실 줄은 몰랐습니다만……."

거기까지 말하고는, 시드니우스는 아, 하는 큰 소리를 냈다.

"죄송합니다. 자기소개도 하지 않고 흥분해서 이야기를 해버렸네요. 저는 지금 신림 기사단의 기사단장을 맡은 시드니우스라고 합니다. 앞으로도 잘 부탁드립니다."

"잘 부탁할게. 운반꾼 악셀이야."

거기까지 말하고 나서 방금 들은 단어가 신경이 쓰였다.

"잠깐, 기사단장이라고?"

"네. 아이들이 말하지 않았습니까?"

"아니, 지금 처음 듣는데."

"그렇군요. 모르는 사람도 기꺼이 도와주신다는 소문이 사실이었군요. 만나 뵙게 되어 영광입니다, 악셀 씨!"

그는 그렇게 말하면서 손을 내밀었다. 그 손을 쥐어 악수하자, 어조만큼이나 강한 힘으로 내 손을 마주 잡았다.

"실은, 불가시의 용기사로 전장에서 활약하시는 모습을 봤을 때부터 계속 이날을 기다리고 있었습니다.

그 말을 듣고 나는 고개를 갸웃했다.

"내가 용기사라는 걸 알고 있었어?"

방금 들은 운반꾼에 관한 소문처럼 그것도 소문이 난 건가.

"아니요, 그냥 제 추측입니다. 여기 계시는 용사님들과의 관계를 보고 그렇게 생각했을 뿐이죠. 그 외는 풍겨오는 기백이라던가…… 아닙니까?"

어느새인가 나에게 달라붙어 있는 두 사람과 한 마리를 보며 시드니우스가 말했다.

그런 것 치고는 한눈에 알아보는 사람은 별로 없었지만.

"맞아. 내가 용기사 악셀이야. 시드니우스 씨가 품고 있는 용기사 이미지가 어떤지는 모르겠지만."

"그렇습니까…… 정말, 전직 용기사이셨군요."

내 말을 들은 시드니우스가 잠깐 아쉽다는 표정을 지었다.

"어라? 혹시 내가 그 악셀이면 곤란한가?"

"아, 아니요. 그런 건 아닙니다! 다시 한번 만나 뵙게 되어 영광입니다……! 지금부터는 제가 무슨 일이 있었는지 설명해 드리겠습니다."

"괜찮겠어? 난 방금 여기 도착한 외부인인데?"

데이지도 털어놓기를 망설였는데.

"괜찮습니다. 그 반지는 왕도 12 길드의 인정을 받았다는 의미가 아닙니까? 무엇보다 제 아이들이 악셀 씨를 신뢰하고 있으니까요."

그렇게 말하고 시드니우스는 신수 쪽을 가리켰다.

"그럼, 저를 따라오십시오. 신수 입구로 안내해드리겠습니다. 사태가 사태인지라, 남의 눈이 없는 곳에서 설명해 드리겠습니다."

시드니우스를 따라 신수로 향하는 도중.

나는 어깨 위에 데이지를 태우고 한 줄로 걸어가면서 남매와 시드니우스가 나누는 대화를 듣고 있었다.

"──그런데 너희, 악셀 씨에게 내 이야기는 한마디도 안 한 모양이구나?"

"그야, 아버지의 후광을 빌어 일을 받았다는 소리를 들을까 그랬지."

"응, 악셀 씨는 아버지 이야기를 안 해도 잘 도와주긴 했지만."

그러자 두 사람의 말을 들은 시드니우스가 갑자기 나한테 다가오더니 고개를 숙였다.

"이런 응석받이들이 악셀 씨에게 이렇게 따르는 걸 보니, 아무래도 큰 신세를 진 모양이군요. 다시 한번 감사드립니다."

"나는 평범하게 일했을 뿐이니까, 감사할 필요는 없어."

"아니요, 저희 아이들이 신세를 졌으니까 당연한 겁니다. 물론 나중에 답례도 꼭 하겠습니다."

정중하고 확고한 의사였다.

이런 약간 완고한 스타일은 전쟁 중에 만난 단장들과의 대화를 떠오르게 한다.

그들도 이런 딱딱한 분위기를 지니고 있었다.

나는 그런 생각을 하며 그의 말에 가볍게 고개를 끄덕였다.

"직업이 바뀌어도 친구는 친구 그대로구나. 변함없이 다른 사람을 돌보는 게 능숙해. 나도 악셀과 함께한 옛일이 떠오르네."

아까 전부터 계속 내 목덜미에 몸을 문지르던 데이지가 어깨 위에서 그런 말을 했다.

"그런가? 난 남들보다 특별히 잘해준 기억은 없는데?"

"아무런 직함도 없던 카벙클을 남들같이 대해주는 게 이미 평범하지 않다고 매번 말하잖아. 뭐, 덕분에 나는 친구와 피부를 맞대고 몸을 비빌 만큼 사이가 좋아졌으니 나쁠 건 없지만. 후후……."

데이지는 그렇게 말하면서 내 어깨 위에서 뒹굴뒹굴했다.

아까 말한 대로 특별히 신경 쓴 적은 없지만, 나는 경계심이 강한 데이지가 내게 이만큼 마음을 놓고 있다는 게 기뻤다.

"또 주인에게 몸을 비비고 있어……!"

"혹시 몰라 뒤를 살피려고 뒤에 섰건만, 저런 모습까지 과시하다니……!"

이렇게 다 모여 있으니 용사 파티 시절로 돌아간 느낌이다.

가끔 뒤통수에서 검은 시선이 느껴지긴 하지만.

"저기가 신수의 입구입니다."

시드니우스가 앞을 가리키며 말했다.

앞을 바라보니 신수의 거대한 밑동에 커다란 문이 달려있었다.

"입구? 신수 안으로 들어가는 거야?"

"예. 신수 안쪽에 위로 이어지는 통로가 있습니다. 자세한 이야기는 신수 안에서 하시죠."

"통로인가……. 나선 계단이 있다고 했던가?"

대로에서 만난 상인의 이야기를 떠올리며 말하자 세실이 대답했다.

"응. 계단뿐만 아니라 슬로프도 있어. 짐수레가 자주 다니는데, 그걸로 신수 위에 있는 연구소에 이런저런 짐을 올려보내거나 해."

"저렇게 높은데 짐수레로 옮긴다고? 뭐랄까, 꽤 고풍스러운 방법을 쓰는구나."

"신수가 뿜어내는 마력 때문에 마법을 쓸 수가 없거든. 어쩔 수 없지."

세실은 쓴웃음 지으면서 말했다.

그러고 보니 그 상인도 그런 말을 했었지.

"아, 그렇다고 해도 전부 사람 손으로 하는 게 아니에요. 마법 도구는 쓸 수 있거든요. 짐수레도 반자동으로 움직입니다."

조지가 덧붙였다.

"그래?"

"마법을 자유로이 쓸 수 없는 이유는 신수가 뿜어내는 마력이 마법을 쓸 때 간섭하기 때문이라는 것을 오랜 연구 끝에 밝혀냈거든요. 그렇지 누나?"

"응. 그래서 마법 과학 길드는 신수에서 나오는 마력을 흡수하는 기능을 추가해 간섭을 막고, 흡수한 마력을 동력 삼아 자동으로 움직이는 짐수레를 발명했어. 마도 마차 원리를 응용한 거지."

"호오~ 그런 게 있구나."

"바꿔 말하면, 신수의 마력 간섭만 해결하면 마법을 쓸 수도 있다는 얘기도 되지. ……뭐, 신수는 거의 무한히 마력을 뿜어내니까 이론상의 이야기일 뿐이지만."

"과연, 그건 쉽지 않겠네. 무슨 마법이 됐든 마력 흡수 마법을 병행해야 할 테니."

여러 마법이나 스킬을 동시에 쓸 수 없는 건 아니지만, 동시 발동 개수가 많아질수록 컨트롤이 어려워진다.

"응, 그래서 마법 과학 길드의 우수한 학자들도 현실적으로는 무리라고 해. 하지만 마법을 사용할 수 없어도 슬로프나 계단이 잘 되어있으니까, 그렇게 오르기 어렵진 않아. 맞죠, 아버지?"

세실이 생글거리면서 말했다.

그러자 시드니우스는 살짝 고개를 끄덕이더니.

"그래, 있었지 그런 게. ……얼마 전까지만 해도 말이다."

흐린 표정으로 그렇게 덧붙였다.

"응? 얼마 전이라니?"

"너희들이 이곳을 떠난 사이에 이런저런 일이 있었다. ……뭐, 직접 보는 게 빠르겠지."

이야기하는 동안 신수 밑동에 있는 문에 겨우 도착했다.

쌍바라지로 된 큰 문이었다. 가까이서 보니 생각 이상으로 거대했다.

높이는 몇 미터쯤 될까.

"들어 오시지요."

시드니우스가 무거운 물체를 밀듯 문을 열었다.

우리가 그를 따라 안쪽으로 들어가자, 들었던 대로 위로 향하는 통로가 안쪽 벽을 따라 나 있었다.

다만.

"뭔가 좀…… 너덜너덜한데?"

남매에게 듣던 모습과는 전혀 달랐다.

통로 군데군데가 시들고 있었다.

"그럼, 안으로 들어가서 설명해 드리겠습니다. 신수 알 에덴이

―― 죽어가고 있는 사태에 대해서."

　나는 신수의 통로 안을 보자 경악을 금치 못했다.

　"뭐, 뭐야 이게……."

　통로 안에는 이때까지 본 적이 없는 광경이 펼쳐져 있었다.

　옆에 있던 악셀 씨가 쓱 주변을 둘러보면서 말했다.

　"세실의 반응을 보아하니 원래 이랬던 건 아닌 모양이군."

　"다, 당연하지! 원래는 좀 더 깨끗하고 좋은 냄새가 나는, 정말 훌륭한 곳이라고!"

　적어도 내 기억 속 통로는 선명한 갈색과 신선한 나뭇결이 아름다운 깨끗한 나무로 된 길이었다.

　나무에서 풍기는 상쾌한 향기를 맡으면서 평화로운 마음으로 오르내리던 길이었다.

　하지만, 눈앞에 통로는 거무칙칙한 고동색으로 변해 여기저기 구멍이 뚫려 있었다.

　길 자체가 시들어간다고 느껴질 정도였다.

　"시들기는커녕, 자동 수복 능력이 있는 신수가 이렇게 너덜너덜해지다니! 어, 어떻게 된 일이야, 아버지?"

　그러자 아버지는 침착한 얼굴로 입을 열었다.

　"아이들 말을 들으셨다면 아시겠지만, 전례가 없는 사태입니다. 이 위쪽도 전부 이런 상태이고요. 사실상 이제 이 통로로 위로 올라가는 건 불가능합니다.

아버지가 통로를 어루만지며 말했다.

그러자 아버지의 손이 닿은 부분의 나뭇조각이 바스러져 떨어져 나왔다.

"이미 통로의 6할 정도는 이런 상태고, 좀 더 심한 곳도 있습니다. 아직 살아 있는 부분도 있지만 통로기능은 이미 상실했다고 보시면 됩니다. 아시는 대로 마법도 맘대로 쓸 수가 없으니 날아 올라갈 수도 없고요.

"안쪽에서도 마법을 맘대로 쓸 수 없는 건가."

악셀 씨의 말에 어깨 위에 있던 데이지 님이 고개를 끄덕였다.

"잠깐이면 몰라도 끝없이 마력이 솟아오르니까. 그야말로 신수다운 성능이지만…… 지금 그게 우리의 발목을 붙잡고 있어."

"네. 지금 위로 올라갈 방법이라고는 이 줄사다리밖에 없습니다. 작은 승강기가 있긴 합니다만 사람 무게를 버틸 정도는 아닌지라, 작은 물건을 옮기는 게 고작입니다."

아버지의 시선을 따라가 보니 아득히 위에서부터 신수의 안쪽 벽에 늘어트린 줄사다리가 하나 있었다.

벽 중간중간 통로가 툭 튀어나와 있어 사다리를 근력만으로 오르는 건 상당히 어려워 보였다.

줄 사다리 근처에는 위에서 내려온 줄에 매달린 작은 판자가 있었다.

상당히 오래된 것이었다. 이 도시에서 나오기 전만 해도 통로가 살아 있었으니까 그간 쓸 일이 별로 없었을 텐데.

"지금은 이것도 쓰고 있다는 거구나."

"위쪽도 시들고 있는 건 마찬가지니 항상 추락의 위험이 있다만, 위에 있는 사람들에게 물자를 보내려면 어쩔 수가 없구나."

그 말을 들은 악셀 씨가 문득 그런 말을 했다.

"마법 과학 길드 연구소가 신수 위에 있다는 말은 들었는데, 물자를 보낸다니…… 설마 신수가 이 지경이 되도록 아직 위에 사람이 남아 있어?"

내 질문을 들은 시드니우스가 심각한 표정으로 고개를 끄덕였다.

"예, 이 이상 사태의 원인을 알아내기 위해 지금도 길드원 수십 명이 열심히 노력하고 있습니다. 아래쪽에서는 데이지 님을 비롯하여《수의(樹医)》나《약학자》같은 외부인까지 동원해 조사하고 있고요."

"그래서 데이지가 여기 와 있었구나."

"응. 마법 과학 길드의 요청을 받았거든."

"……그리고 데이지 님과 마법 과학 길드가 열심히 조사한 결과, 독성 물질 등의 외부 요인으로 이렇게 됐다는 사실을 밝혀냈습니다.

"독성 물질이라니?"

내가 고개를 갸웃거리자 데이지가 대답했다.

"모종의 돌연변이라거나 자연계에 존재하는 독이 아니야. 터무니없이 강력한 독이었어. 바이러스처럼 꿈틀거리는."

"예. 마법 과학 길드 길드장의 말로는 자연 발생했다고 보기 어렵지만, 사람이 만들었다고 하기에는 독의 프로들인《상급 조약사》들조차 영문을 알 수 없을 만큼 복잡한 독이라는 모양입니다. 인간의 지식을 초월한 돌연변이라 믿고 싶다고 하더군요."

시드니우스가 나무 위를 올려다보면서 말했다.

"어쨌든 강한 독이 원인이라는 건 알아냈다는 말이군."

"네. 섣부르게 조합을 시도했다간 죽을 수도 있을 만큼 맹독입니다. 이 독이 어디에서 왔는지, 자연 현상인지, 아니면 누군가의 의도인지 만들었는지는 아직 조사 중입니다만."

시드니우스의 말에 어깨 위에 있던 데이지가 고개를 끄덕거렸다.

"뭐, 그래서 여러 가지 알아내기 위해 내가 움직이고 있었다는 거지, 친구."

"데이지 님께서는 신목 아래 연구소를 만들어 이 사태를 연구하고 계십니다."

"연구소라고 해도 작은 폐가를 이용해서 만든 거지만. 나 혼자 쓸 거라, 별로 클 필요가 없었거든. 위에 있는 연구소에 비하면 별거 아니지."

"하지만, 데이지 님은 혼자서 마법 과학 길드와 맞먹는 연구 성과를 내고 계시지 않습니까. 정말 감사합니다. 거기에 순찰까지 맡으시고."

"아, 그러고 보니 사람이 다가오지 못하게 막고 있었지 참."

그러다 우리를 만났다.

"왜 그러는 거야?"

"친구라면 알고 있겠지만, 나는 기척에 민감하니까. 인기척을 느끼면 어차피 연구에 집중할 수 없으니 산책 겸 신수 주변을 돌아다니거든. 순찰이라 해봐야 그런 거지."

본인 말대로 데이지는 기척에 민감하다.

마왕 대전 때도 자기 연구소에 모르는 사람이 다가오면 집중력이 흐트러지곤 했다. 효율적인 연구를 위해 사람들을 물린다는 이유도 이상할 건 없다.

다만.

"네 말투를 보아하니 다른 이유가 더 있지?"

"하하, 들켰나. 사실은 반대야. 연구에 집중하고 싶어서가 아니라, 처음부터 사람들이 다가오지 못하게 막자고 한 거지."

그런 말을 덧붙였다.

"일부러? 왜?"

"상황이 상황인 만큼 사람들이 들어오지 못하게 해야 한다고 마법 과학 길드와 신림 기사단이 의논해서 정한 거야."

그렇게 말하면서 데이지는 시드니우스를 바라봤다.

그가 너덜너덜해진 통로를 손으로 쓰다듬으면서 말했다.

"맞습니다. 지금도 간간이 위에서 나뭇조각들이 떨어지거든요. 위험합니다. ……게다가 이 모든 게 누군가의 악의라면 이 사태를 해결하고자 하는 저희를 방해하러 나설지도 모르고요."

"신중하구만. ……줄사다리를 바깥쪽에 걸지 않는 것도 그런 이유야?"

그러자 시드니우스가 고개를 끄덕였다.

"그런 것도 있습니다만, 안에 통로가 있는데 밖에 사다리를 걸면 사람들이 수상하게 생각할 수도 있으니까요. 애초에 바깥쪽은 나무껍질 때문에 울퉁불퉁해서 사다리를 놓기도 어렵습니다."

그 말에 밖에 나가 슬쩍 올려다봤더니 신수의 바깥쪽은 굵은 가지나 줄기에서 난 잎, 그리고 잎을 베어낸 흔적으로 거친 상태였다.

사다리를 걸기 어려운 거야, 안이나 밖이나 마찬가지겠지만.

"바람도 부는데 굳이 밖에 만들 이유가 없나."

그렇게 말하자, 시드니우스가 웃으면서 대답했다.

"그렇습니다. 이해가 빠르시군요. ……누군가의 범행일 가능성이 있는 이상 최대한 신중하게 움직이고 있습니다. 사전에 연락 없이 다가오거나 의심스러운 일부 상인 등은 예외 없이 돌려보내고 있으니 기사단의 평이 나빠지겠지만, 그 정도는 감수해야겠지요. 다만……."

기사단장은 미안한 표정으로 슬쩍 데이지를 보며 말을 이었다.

"이 일에 데이지 님을 말려들게 한 게 죄송할 따름입니다."

그러자 데이지가 이를 드러내며 웃었다.

"하하하, 소문 따위 아무래도 좋다니까? 어차피 괴짜라는 소문도 있었는데 뭘. 딱히 신경 쓰지 마. 소문 같은 걸 신경 쓰고 있으면 할 수 있는 일도 못 해. 오히려 소문을 듣고 함부로 다가오지 않으니 좋잖아?"

"사태가 해결될 때까지는 시민들이 불안에 떨지 않도록 감출 예정입니다만, 상황이 정리되면 모든 걸 설명하고 평판을 이전만큼, 아니 이전보다 더 높일 수 있도록 신림 기사단은 최선을 다하겠습니다."

"사람은 좋은데 완고한 구석이 있단 말이지, 기사단장은."

"데이지 님 덕분에 독 해석은 물론, 신수를 복구하기 위한 연구를 빠르게 진행할 수 있었습니다. 그 정도는 하지 않으면 기사단의 체면이 서질 않습니다."

"……도시 외곽에서는 상상도 할 수 없을 만큼, 중심부는 곤란한 상황에 놓여 있었군."

시드니우스와 데이지의 이야기를 들은 것만으로 얼마나 복잡한 상황인지 느껴져 힘들어 보였다.

그때였다.

"기사단장님! 물자 제5진, 준비가 끝났습니다."

그런 소리와 함께 갑옷을 입은 사람들이 통로 안으로 들어왔다.

그들은 하나같이 커다란 가죽 자루를 들고 있었다.

그러자 시드니우스가 갑자기 깊은 한숨을 내쉬었다.

"알겠습니다. 슬슬 올라가도록 하지요."

"올라간다니, 이걸 들고?"

"네, 신수가 이렇게 되고 나서 발생한 큰 문제 중 하나가 나무 위쪽에 물자를 옮길 방법이 달리 없다는 겁니다. 그래서 이런 식으로 직접 몇 시간에 걸쳐 옮기고 있죠."

문득 시드니우스를 처음 봤을 때가 떠올렸다.

"그래서 처음 만났을 때 땀투성이였던 건가."

그러자 시드니우스가 쓴웃음을 지었다.

"하하, 저 사다리를 타고 700m를 올라가야 하는데, 그만한 체력과 스킬, 장비를 가진 사람은 신림 기사단에도 몇 명 없습니다. 그나마도 오늘 운송 임무를 맡을 예정이었던 단원 하나가 쓰러져서 제가 대신 다녀왔던 터라…… 흉한 꼴을 보여 죄송합니다."

그리고는 기사 몇 명이 겨우 옮긴 큰 가죽 자루에 손을 대며 말했다.

"나무 위에 있는 사람들을 모른 척할 수는 없습니다. 저라도 반드시 가야 합니다."

그렇게 말하면서 시드니우스는 거대한 가죽 자루를 등에 짊어지려고 했지만,

"──큭……."

휘청거리면서 무릎을 꿇었다.

호흡도 거칠어져 있었다.

"무리하지 마세요, 단장님……! 많은 날은 10회씩 거의 매일 하셨잖습니까! 그것도 벌써 한 달째라고요……! 다른 사람이었으면 진작 쓰러졌습니다! 단장님 어서 휴식을……"

그러나 시드니우스는 고개를 저었다.

"그렇다고 가지 않을 수는 없습니다. 지금도 위에서는 마법 과학 길드가, 신수의 회복을 바라는 이들이 노력하고 있습니다."

흐음, 무리해서라도 옮겨야 하는 건가.

"괜찮다면 내가 도와줄까? 물량이라면 자신 있는데."

여러 번 해야 할 만큼 양이 많은 모양이고.

운송주머니라면 쉽게 할 수 있을 것 같다.

그러자 시드니우스는 잠깐 멍하니 있더니 위쪽을 한 번 올려다보고 줄사다리를 거쳐 나에게로 시선이 돌아왔다.

"……말씀은 감사합니다만, 아까도 말씀드렸다시피 높이가 700m나 됩니다. ≪운반꾼≫의 체력으로는 아마 끝까지 오르기는 어려울 겁니다."

……뭐, 그게 정상적인 ≪운반꾼≫이겠지.

그러자 자매가 대화에 끼어들었다.

"아, 아버지. 악셀 씨는 평범한 운반꾼과 달리 우리보다 훨씬 체력이 좋아요."

"그래……?"

"응! 그냥 좋은 정도가 아니라, 우리보다 발도 빠르고 전투 직업에도 지지 않는 굉장한 신체 능력이야!"

"으음, 다리는 튼튼하신 것 같긴 하지만…… 아니, 그래도 너무 위험합니다. 아무리 체력이 있다고 해도 추락사고라도 나면 돌이킬 수 없습니다. 당신을 그런 위험에 빠트릴 수는 없습니다."

내가 걱정돼서 거절한 거였나.

마음이야 고맙지만, 그럴 필요는 없다.

"나도 운송 업계에서 일하는 사람이야. 사리분별하고 있으니까 걱정하지 마, 시드니우스."

운반꾼 일은 마리온에게 철저히 배웠다.

그렇기에 그런 말을 꺼낸 것이다.

"맞아, 맞아. 걱정하지 않아도 돼, 시드니우스 아저씨. 그 정도 높이에서 떨어진들 주인은 다치지 않아."

"악셀의 힘을 믿지 않는다니, 유감이군요……. 뭐, 만에 하나 떨어진다 해도 제가 부축할 테니, 그렇게 걱정할 필요 없습니다, 기사단장."

바젤리아와 사키가 거들었다.

그러자 시드니우스의 표정이 조금 밝아졌다.

"그렇습니까? 가능하다면야 솔직히 손을 빌리고 싶은 심정입니다만……."

"필요하면 도와줄게. 물자는 운송주머니로 옮기겠지만."

선택은 시드니우스의 몫이다.

그는 잠시 생각한 뒤.

"──그럼, 다소 위험하긴 하지만 호의를 받아들여서 운반을 의뢰하겠습니다."

"그래, 잘 생각했어."

나는 악셀 씨가 짐…… 식료품이나 생필품, 약 등 물자를 넣는 모습을 그저 바라보고 있었다.

"이걸로 전부인가?"

"예, 그렇습니다."

연구소 사람들이 며칠은 쓸 많은 양의 물자가 순식간에 운송주머니 안으로 들어갔다.

그 모습을 멍하니 보고 있던 나에게 악셀 씨가 말을 걸어왔다.

"혹시나 해서 묻는 건데, 바젤리아를 타고 날면 안 되겠지?"

"예. 신수가 상당히 약해진 상태라, 아마 용왕의 날갯짓을 버티지 못할 겁니다."

"미안해, 내가 부족한 탓에……."

"하하, 이건 내 일이니까, 너무 신경 쓰지 마."

악셀 씨는 어깨를 축 늘어트린 그녀의 머리를 쓰다듬으며 위로한 뒤 나를 쳐다보더니.

"아직 더 들어갈 것 같으니까 옮길 게 남아 있다면 가져와 줘."

그러더니 그런 말을 했다.

"예? 더 들어간다고요?"

"지금의 2배는 더 들어갈걸?"

그래서 진짜 짐을 더 가져왔는데.

"진짜 들어갔어······."

"하루는커녕 일주일 치였는데?!"

기사들이 가져오자마자 모든 짐이 눈앞에서 운송주머니 안으로 사라졌다.

"설마, 이렇게 잔뜩 들어갈 줄이야······."

그러자 세실이 웃으며 말했다

"내가 말했잖아~! 악셀 씨는 정말 대단한 운반꾼이라니까!"

"그, 그렇구나······."

나는 세실의 말에 고개를 끄덕일 수밖에 없었다.

솔직히 의뢰하면서도 반쯤은 걱정이었다.

한 명이라도 더 필요한 상황이었기에 그의 제안을 받아들였다.

하지만 그는 손님이다.

물론, 『하늘 나는 운반꾼』의 소문은 익히 들었다.

도적이나 마수들을 쓰러트렸다든가, 보이지 않는 속도로 움직인다든가, 집 한 채를 옮길 수 있다던가, 여러 가지 소문이 있었지만 하나같이 대단한 내용이었다.

그러나 악셀 씨의 제안을 곧장 받아들일 수 없었다.

소문은 꼬리가 붙기 마련이다.

그의 실제 능력이 얼마나 되는지도 모르는데, 섣불리 맡겼다가 손님의, 존경하는 그가 목숨을 잃는 사태는 피하고 싶었다. 운반꾼의 스테이터스란 그런 것이다.

그래서 용사들께서 도와주겠다고 거들고 나선 후에야 의뢰를 맡길 생각이 들었다.

그런데 운송주머니 하나에 물건이 끝없이 들어가는 상황.

그때야 나는 소문이 진실이 아닐까 하는 생각이 들기 시작했다.

"통로의 끝에 있는 광장에서 마법 과학 길드 직원에게 건네주면 되는 거지?"

그가 상층을 가리키며 말했다.

"예, 통로를 빠져나가면 바로 마법 과학 길드 탑 접수대가 보이실 겁니다. 아마 백의를 입은 사람이 기다리고 있을 테니 그에게 건네주시면 됩니다."

그러자 그는 고개를 끄덕이더니 운송주머니를 어깨에 멨다.

"그럼 슬슬 올라갈까. 바젤리아랑 사키는 혹시 나뭇조각이 떨어지면 그걸 처리해줘."

"OK. 알았어, 주인—!"

"맡겨 주세요. 억분의 일도 안 되겠지만 만약 떨어진다면 얇은 옷을 입고 껴안아 드릴——."

"——아니, 평범하게 부탁할게."

"친구, 나도 따라가도 될까? 방해되지 않게 가슴팍에 들어가 있을 테니까. 친구의 새 직업이 어떤가 보고 싶어!"

"그래? 그럼 이리 와."

그리고는 곧 손발을 흔들고 준비운동을 시작했다.

이제 곧 출발── 아! 내 정신 좀 봐!

"악셀 씨, 혹시 만약 위에서 나뭇조각이 떨어지면 나선 계단이나 슬로프에 튼튼한 부분으로 들어가서 피하시면 됩니다."

"알겠어. 근데 여기저기 만져봐서는 아직 튼튼한 것 같은데."

"신수가 아직 살아 있으니까요. 그렇다고는 해도 이미 반 이상은 괴사했습니다만."

"뭐, 그래도 이만큼 튼튼하면 생각보다 빨리 갈 수 있겠어."

"예……?"

그는 데이지 님을 가슴팍에 넣으며 그렇게 말했다.

생각보다 안전하단 소리인가?

무슨 말인지는 모르겠지만 일처리가 빨라진 건 다행이다.

뭐가 어찌 되었든 나는 그가 안전하게 일할 수 있도록 최선을 다할 뿐이다.

그런 생각을 하고 있자니 그가 다시 말을 걸어왔다.

"이제 진짜 가도 되지?"

"예…… 아! 아니, 조금만 더 기다려주십시오! 출발 전에 줄사다리에 이상은 없는지, 어긋난 것은 없는지를 위쪽에 확인을 요청하는 게 좋을 것 같습니다."

"아냐, 그럴 필요 없어. 어차피 사다리는 안 쓸 거니까."

"예?!"

나는 그의 말이 무슨 뜻인지 이해할 수 없었다.

사다리가 필요 없다는 건 무슨 말이지?

내가 다시 물어보려던 찰나.

"그럼, 다녀올게."

말릴 틈도 없이.

"잠——!"

제자리에서 뛰어올랐다.

"어……?!"

그것도 눈 깜짝할 사이에.

마치 폭발하듯 몇 미터 위까지 한 번에 뛰어올랐다.

그리고는.

"역시, 살아 있는 부분은 아직 튼튼하군. 이 정도면 충분하겠어."

자리를 박차는 굉음과 함께 더욱 높이 뛰어 올라갔다.

"아니……?! 저 불안정한 발판을 밟고 뛰다니……?!"

내가 놀라 무심코 소리치자, 아득히 위에서 통로에 발을 걸친 그의 대답이 들려왔다.

"발판이 무른지 어떤지는 보면 대충 아니까. 뭐 여차하면 박차는 힘을 조절하면 되겠지."

실제로 그렇게 뛰고 있었다.

확실히, 그가 발을 디뎠음에도 밟은 부분은 무너지지 않았다. 튼튼한 부분이 어디인지 알고 있는 모양이다.

거기에 다리뿐만 아니라, 팔도 사용해서 자세를 조정하고 있다. 무른 곳을 밟고 움직이는 데 익숙하다는 생각까지 들었다.

심지어.

아, 엄청난 속도다!

발판을 확인하면서도, 순식간에 위로, 위로 멀어져갔다.

이윽고 소리만 들려왔다.

"그럼 정상까지 운송하고 올게."

"와, 대단하네, 친구. 애들아, 다녀올게."

그렇게 그는 신수 위쪽으로 사라졌다.

마법 과학 길드를 통솔하는 연구소장 모카 페이는 날이 저물어가는 것을 보면서 신수 정상에서 하층에서 이어지는 통로 앞에서 물자나 연락이 닿는 것을 기다리고 있었다.

신수 정상에는 넓은 공간이 있고, 그 한쪽 구석에 통로와 연결된 나무구멍이 있었다. 그 반대쪽에는 그 공간의 대부분을 차지하는 마법 과학 길드의 본부 겸 연구소가 있었다.

연구소와 통로 사이에 있던 그녀는 우왕좌왕하면서 안경을 만지거나 연구소와 통로를 번갈아 보고 있었다.

"오늘 정말 물자가 올 수 있을까……."

초조한 마음에 모카는 혼자서 툭, 중얼거렸다.

최근 한 달, 신림 기사단은 연구소 직원 수십 명이 쓸 물자를 매일 운송하고 있다.

신수 경비 업무도 있는 데다가 창고에서부터 물자 운송까지. 기사단, 특히 기사단장에게 엄청난 부담을 끼쳐 미안할 따름이다.

그러나 기사단장은 고개를 저었다.

『그것이 역할 분담이라는 것입니다. 연구는 저희가 할 수 없는 일이니 그에 전념해 주십시오.』

그런 말을 하면서.

이 사태의 원인을 규명하고 해결책을 내놓기 위해선 꼭 필요한 연구이다.

나는 감정적으로 사과하고 싶은 마음을 삼켜야 했다.

길드원은 물론 외부에서 불러들인 연구원들까지 모두 집에 돌아가지도 못하고 대책실에 틀어박혀 있었으니까……

여긴 위험하니 이제 돌아가도 괜찮다고, 숙소로 피신해 있어도 좋다고 했건만, 신수를 고칠 때까지는 돌아갈 수 없다고 모두가 입을 모아서 말했다.

식량을 절약…… 아니, 식사할 시간조차 아낄 정도로 열심히 돌아다니고 있다.

길드 연구원들도, 기사단들도, 신수에게 받은 은혜를 돌려줄 기회라며 분발하고 있다.

줄사다리는 이제 하나밖에 남지 않았다.

당연하지만 그 사다리를 타면 올라가든 내려가든 일방통행 상태가 된다.

누군가 올라가고 내려가기를 기다리기에는 시간이 너무 오래 걸린다.

즉, 지금 내려가면 당분간은 다시 올라올 수 없다.

사다리를 더 설치할 수 있으면 좀 낫겠지만 어설프게 설치해봐야 이래저래 쓸려 금세 수명을 다할 것이다.

자칫하면 도중에 끊어질 수도 있다.

지금까지 몇 번이나 위기에 직면했던가.

사다리 여분이야 있지만 결국 그나마 안전한 건 지금 사다리가 걸려있는 곳뿐이다.

애초에 연구 인원이 이만큼은 있어야 빠르게 연구를 진행할 수 있으므로 결국 다들 나무 위에 남기를 선택했다.

그런 식으로, 모든 사람이 각자 자신의 의지로 최선을 다하고 있다.

그렇기에 나는 사과할 게 아니라 문제를 해결을 위해 노력해야 한다.

……다만, 마지막으로 본 기사단장은 상당히 휘청거리고 있었기에, 다른 사람을 대신 보내겠다는 염문을 받았을 때는 마음이 편치 않았다.

만약 더 이상 신림 기사단이 물자 보급의 부담을 견디지 못한다면, 나는 연구소에 머무는 인원을 줄여야 한다.

기사단장은 괜찮을까.

다른 사람에게 부탁한 물자는 받을 수 있을까.

애초에, 신수는 회복시킬 수 있을까.

그런 생각이 머릿속에서 빙빙 돌았고, 모카가 머릿속을 정리하기 위해서 한숨을 내쉬었을 때.

—붕!

바람을 가르는 소리와 함께 위에서 내려오는 무언가를 발견했다.

"어?"

아득히 높은 신수 알 에덴의 꼭대기.

거기에 계속 틀어박혀 있었던 모카에게 자기 머리 위에서 사람이 떨어진다는 건 꽤 낯선 일이었다.

"어이쿠, 혹시 몰라서 힘껏 내디뎠는데, 너무 세게 뛴 모양이군."

그런 말과 함께 운송주머니를 한 손에 움켜쥔 남자 한 명이 눈앞에 착지했다.

신수 알 에덴의 통로 끝에는 꽤 넓은 공간이 있었다.

착지하는 도중에 쓱 둘러본 결과, 역사가 느껴지는 넓은 공간과 그 한쪽에 있는 커다란 건물이 눈에 들어왔다.

……저게 말로만 듣던 마법 과학 연구소인가.

설마 나무 위에 이만한 건물이 있을 줄이야.

직접 올라와 보지 않으면 얼마나 큰지 알지 못했으리라.

나는 광장에 가볍게 착지했다.

기사단장의 말대로 사람이 나와 기다리고 있었다.

안경을 쓰고 백의 차림에, 머리카락을 양옆으로 둥글게 모은 헤어스타일의 여성이었다.

백의의 가슴 부분에 명찰이 달려있었는데, 『마법 과학 길드 소장:모카 페이』라고 쓰여있었다.

"네가 마중 나온 사람이야? 소장이 직접 나온 건가."

그러자 나를 멍하니 쳐다보고 있던 그녀가 어렵사리 대답했다.

"아, 응. 그렇긴 한데, 저기, 누구신가요……?"

"시드니우스에게 부탁받아서 대신 온 운반꾼이야."

"……운반꾼? 저, 정말로? 그, 그런데 어떻게……."

"본 대로, 평범하게 뛰어왔지."

"……으, 응?"

모카가 멍한 표정으로 굳어버렸다.

무슨 말인지 이해하지 못한 것 같다.

혹시 날아온 모습을 보지 못했나? 해도 거의 넘어갔으니.

"뭐 못 봤으면 됐어. 아래에서 물자를 가져왔는데 어디에 놓으면 돼?"

물자 이야기에 모카의 표정이 약간 미묘한 표정으로 변했다.

"참, 물자. 그래, 그게 중요하지. 음, 저기 통나무 위에 놔줄래?"

그녀가 가리킨 곳에는 큰 그루터기처럼 생긴 받침대가 있었다.

나는 통나무 앞으로 가서 운송주머니를 열었다.

"이게 아래서 가져온 물건이야."

그리고는 그 자리에서 운송주머니를 뒤집고 짐을 꺼냈다.

큰 식탁의 몇 배는 될 만큼 큰 받침대이지만 양이 양인만큼 눈 깜짝할 새 물건들로 뒤덮여버렸다.

"아, 아니?! 이렇게나 가져왔다고⋯⋯?!"

모카가 갑자기 놀란 표정으로 외쳤다.

그리고 나도 아차 싶었다.

"미안, 양이 많아서 여기 다 못 올리겠는데, 밑에 좀 내려놔도 될까."

그러자 모카는 놀란 표정 그대로 고개를 끄덕였다.

"내려놓는 건 상관없는데, 뭔가 다른 거라도 가져왔어? 평소는 그 받침대의 반 정도인데."

"아니, 그냥 한 번에 많이 가져온 것뿐이야. 아직 반절 밖에 못 꺼냈다고. 뭐 주변에 대충 놔둘게."

나는 주변에 물건을 하나씩 꺼내 놓았다.

마지막 물자를 꺼냈을 때는 받침대 밖⋯⋯ 아니 받침대를 묻어 버리고도 넘칠 정도였다.

"이걸로 마지막이야. 맞나 확인해봐."

나는 운송주머니를 닫으면서 여전히 멍하니 쳐다보고 있는 모카에게 말했다.

그러자 그녀는 물건과 나를 번갈아 보면서 띄엄띄엄 말했다.

"이만큼 있으면 일주일은 충분히⋯⋯ 설마 이렇게 잔뜩 들어가는 운송주머니가 있었다니, 아니 그보다 여기까진 어떻게 온 거야?"

"아까도 말했지만, 밑에서 뛰어왔어."

잘 와닿지 않나 생각을 하고 있자니.

"푸하~! 친구, 굉장하네!"

가슴에서 데이지가 꿈틀거리면서 나왔다.

"친구의 속도도, 체온도, 심장 소리도, 만끽했어! 정말 최고였어, 친구."

어지간히 재미있었던 모양이다.

잔뜩 흥분해서는 내 가슴에서 몸을 부들부들 떨고 있다.

표정도 꽤 즐거워 보였다.

그리고 모카가 그런 데이지의 모습을 여전히 멍한 표정으로 쳐다보고 있었다.

"코, 코스모스 씨……?"

그러자 들떠있는 모습을 보인 게 부끄러웠는지.

"…………크흠. 아, 모카 오랜만이야."

데이지는 곧장 표정을 고치고 모카에게 인사했다.

"예…… 며칠만이네요 코스모스 씨. 그런 모습은 처음 봤지만.

"신경 쓰지 마. 친구랑 살을 맞대고 있었더니 마음이 느슨해졌을 뿐이야."

카벙클의 경계심은 마법 과학 길드 소장을 상대할 때도 변함없는 것 같다.

"그, 그래……. 그런데 왜 데이지 씨까지 온 거야?"

"왜라니, 보다시피 악셀이 운반꾼 일을 어떻게 하는지 보고 싶어서 따라왔지."

"악셀……? 혹시 당신이 『하늘 나는 운반꾼』이야? 크레이트에서 화제가 됐다든가 하는?"

"그래, 같은 이름의 운반꾼이 있는 게 아니라면 내가 맞아. 여기서도 날 알고 있는 모양이네."

"아, 뭐…… 솔직히 크레이트에서 멀리 떨어진 이 도시까지 무슨 일로 온 건지, 어떻게 여기까지 올라온 건지 머리가 혼란스러워서 잘 모르겠지만……. 우선 날아다니며 물건을 운반한다는 소문은 알 것 같네. 덕분에 살았어. 고마워, 악셀 씨……."

그녀는 표정을 풀고 감사 인사를 전했다.

어쨌든 내가 운반꾼 악셀이라는 걸 인정받은 모양이다.

이래저래 이야기를 길게 하는 동안 머릿속이 정리된 모양이다. 그런 생각을 하고 있자니.

"저기, 악셀 씨? 이 도시에는 언제 왔어……? 머물 예정이야?"

모카가 그런 말을 했다.

"오늘 막 도착한 참이야. 당분간은 도시에 있는 여관에 묵을 생각이니까, 의뢰가 있으면 말해줘."

"그렇구나. ──정말 고마워, 악셀 씨. 다른 연구원들도 기뻐할 거야……!"

"그렇다면 다행이고. 다 꺼내 놓고 나서 물어보기 뭐하지만, 물건들 진짜 여기 놔도 돼?"

"응. 연구소는 지금 어질러져 있으니까 거기 두면 돼. 필요한 사람이 가져가는 식이거든. 일단 급한 사람도 있으니까 물자가 도착했다고 전하고 올게……!"

모카는 그런 말을 남기고 종종걸음으로 연구소로 향했다.

들뜬 발걸음을 보니 이 높은 곳까지 옮긴 보람이 느껴졌다.

"그럼, 우리도 돌아갈까."

"그래, 돌아갈 때도 친구의 움직임을 충분히 맛봐야지."

그런 이야기를 하며 나는 신수의 아래로 천천히 내려갔다.

이렇게 해서 나는 신림 도시의 긴급 의뢰를 무사히 완수했다.

"여기가, 기사단이 주로 이용하는 여관입니다. 이 도시에서 요리도 제일 맛있고 잠자리도 가장 편한 곳입니다. 부디 편히 쉬어주십시오. 물론, 요금은 제가 내겠습니다."

그런 말과 함께 시드니우스가 여관으로 우리를 안내했다.

여관에 도착한 나는 곧장 바젤리아, 사키, 데이지와 함께 큰 방에 들어갔다.

방도 넓고 생활용품이나 침대도 좋은 방이었다.

"이 정도면 지내기 편하겠는걸?"

"그러게. 와―! 침대도 푹신푹신해! 주인, 나중에 같이 자자～."

"목욕탕도 넓네요. 악셀과 밀착해서 들어갈 수 없는 게 좋은 건지 나쁜 건지는 모르겠습니다만. 어쨌든, 나중에 같이 들어가죠, 악셀."

바젤리아와 사키는 동시에 각자 감상을 말하더니 말이 끝나기 무섭게 곧장 서로를 째려봤다.

아, 뭔가 불티와 얼음 결정이 떠다니는 것 같은데?

"저 둘은 여전히 사이가 좋구나."

여전히 가슴에 들어가 있던 데이지의 말에 나도 고개를 끄덕였다.

어차피 내버려 두면 머지않아 조용해질 거다.

중요한 건 그런 게 아니라, 앞으로 어떻게 할 지다.

"금방 시드니우스와 밥 먹으러 가야 하니까 적당히 해——."

그렇게 말하자 사키가 퍼뜩 이쪽으로 고개를 돌리며 말했다.

"——아, 그러고 보니 기사단장이 건너편에 있는 식당에서 밥을 먹자는 이야기를 했었죠."

이 여관에 안내해주면서 그런 이야기가 있었다.

"손님께 수고를 끼친 것도 모자라, 정신적 부담까지 드리는 건 도리가 아닙니다. 이 도시의 주민처럼 여러분도 신림 도시를 마음껏 즐겨 주십시오. 아, 그리고 부하한테 쉬라는 소리를 들었으니 오늘은 맛난 것을 먹으러 식당이라도 갈까 합니다만, 함께 어떠십니까? 물론 돈은 제가 내겠습니다."

하고 말이다.

그렇다면 그의 말대로 신림 도시를 즐기는 것이 마을의 일상을 유지하려고 노력하는 그들에 대한 예의일 것이다.

괜히 신경 쓰이게 하는 것도 좋지 않고.

고로 나는 즐기기로 했다.

밥을 산다는 명분으로 기사단장이 쉴 수 있다면 우리도, 그도 좋은 일이 아니겠는가.

"그럼 슬슬 준비해야겠군요. 꼴사나운 모습으로 악셀의 체면에 먹칠을 할 순 없으니."

"으음, 그렇겠지. 제대로 준비해야겠어……."

그리고는 각자 옷을 정돈하기 시작했다.

이럴 때는 둘이 참 닮은 것 같은데 말이지.

"응―? 친구, 가슴에서 뭔가가 빛나는데?"

데이지가 어깨까지 올라와서 내 뺨을 툭툭 찔렀다.

문득 내 가슴팍을 보자 옷 틈으로 하얀빛이 보였다.

"나처럼 보석이라도 달고 다니는 거야?"

데이지가 가슴에 달린 파란색 보석을 보여주면서 그렇게 말했다.

물론 그런 건 없지만.

다만, 이 빛이 뭔지는 알고 있다.

"어디……."

나는 가슴 주머니에 넣어둔 종이―― 스킬 표를 꺼냈다. 내 예상대로 범인은 이 녀석이었다.

【규정 운송 높낮이 차 돌파 완료 조건 달성――《운반꾼》 레벨업!】
【스킬 취득. 운송주머니 단계 EX 1.8 용량 200% 증가】

스킬표에는 빛나는 글자가 적혀 있었다.

"레벨업인가."

이번 일로 운반꾼 레벨이 오른 모양이다.

그러자.

"역시 주인의 레벨업 속도는 굉장하네──! 벌써 이만큼이나 오르다니."

"실베스타로 가는 도중에도 레벨업 했다고 듣긴 했지만, 정말 빠르네요."

바젤리아와 사키가 기쁜 표정으로 말했다.

"어, 전에 비하면 좀 느려진 것 같지 않아?"

"아니, 그래 봐야 고작 며칠밖에 안 지났잖아요. 아무리 초급 직업이라 한들, 그런 속도로 올라가면 모든 사람이 엄청난 레벨을 가지고 있을걸요?"

"오오~ 친구는 레벨업이 빠르구나. 게다가 그렇게 잔뜩 들어가는 운송주머니가 더 커졌다고? 대단한데?"

"뭐, 잘됐지. 운송주머니는 많이 들어갈수록 좋으니."

뭔가를 운반하는 일이니까, 용량이 늘어날수록 할 수 있는 일도 늘어난다.

그러니까 레벨이 오를 때마다 할 수 있는 일이 늘어난다고 생각하면 약간 두근거리기까지 한다. 이것이 운반꾼의 참맛이 아닐까?

"좋아. 친구가 일하는 걸 보니, 나도 연구소에서 열심히 해야겠단 생각이 드는걸."

데이지가 몸을 부르르 떨면서 말했다.

"참, 네 연구소가 있다고 했지?"

"응, 해독을 위해서 상하 두 군데 연구 시설이 있으면 좋겠다길래, 신수 근처의 폐가를 연성해서 연구소를 만들었지. 일일이 위에 있는 연구소까지 가는 것도 힘들고, 신수 아래쪽과 위쪽은 채취할 수 있는 소재나 물질도 다르니까."

데이지는 창밖으로 보이는 신수 뿌리 부분을 가리키면서 말했다. 그 근처에 연구소가 있다고.

"호오, 이번에도 여러 가지 도구를 연성해서 쓰고 있겠네?"

"그래, 다음에 보러 와, 친구. 아직 실험 결과로 뭘 할 수 있는 건 아니지만."

"그래, 한 번 가 보도록 할게."

데이지와 그런 이야기를 하는데,

"주인, 준비 끝났어!"

"저도 문제없습니다."

옷차림을 예쁘게 정돈한 바젤리아와 사키가 다가오면서 말했다.

"그래. 나도 스킬표를 얼추 확인했고, 식사하러 갈까."

우리는 신림 도시에서의 첫 저녁 식사를 기대하면서 시드니우스가 기다리고 있는 식당으로 향했다.

◆막간

어둠 속에 원탁 하나가 있다.

그 의자 하나에 남자 하나가 눈을 감고 앉아 있었다.

"──들립니까. 마인 빙호군(憑虎君)."

그 목소리에 빙호군이라고 불린 남자가 눈을 떴다.

"들린다. 그리고, 이번에도 마법으로 의식만을 연결한 회합이다. ……감청당할 걱정은 없으니 안심하고 모습을 나타내라."

그렇게 말하자 그 말에 대답하듯이 원탁 맞은편에 무언가가 나타났다.

검은 안개 같은 무언가였다.

형태가 애매하여 사람처럼 보이기도 하고, 짐승처럼 보이기도 했다.

"교신은 몇 주 만인데, 신수 토벌 계획은 순조로운가?"

그 검은 안개는 나타나자마자 얼굴(?)을 빙호군에게 향하며 그렇게 말했다.

빙호군이 고개를 끄덕이며 대답했다.

"그래. ……마법 과학 길드 소장이 연성의 용사를 불렀을 땐 조금 성가시게 됐다고 생각했지만 문제없다."

그 말에 검은 사람 형상의 안개가 눈(?)을 크게 떴다.

"그랬나. 연락 마법의 마나 소모도 적지 않으니 연락을 자주 못 할 거라 생각은 했지만 설마 그사이에 그런 일이 있을 줄이야."

"최대한 자주 한다고 해도 주에 한 번 하는 게 고작이니까. 뭐, 남는 마력은 죄다 모으고 있으니 어쩔 수 없지. 각자 할 일도 있고."

정보가 신속하지 못해도 어쩔 수 없다.

그런 정보를 교환하기 위해 이렇게 교신하고 있으니.

빙호군은 그렇다고는 해도 큰일이라고 투덜대고는 허공을 올려다봤다.

"실제로 연성의 용사는 독의 탐지에서 해석까지 길드에 엄청난 공헌을 하고 있다. 해석 스킬, 분해 마법, 연성 마법을 성가실 만큼 잘 다루니까. 마법 과학 길드 혼자서는 해독 작업조차 불가능했을 텐데, 그걸 엄청난 속도로 풀고 있으니, 정말이지 짜증 나는 게 신의 도구라 할 만하군."

빙호군은 후, 하고 한숨을 쉬었다.

"덕분에 내가 움직이게 생겼다. 뭐, 그래도 이미 대책은 세워놨지만. 설령 전투가 벌어져도 연성의 용사 정도는 처리할 수 있다."

"흠, 과연. 그렇다면 연성의 용사 건은 네게 맡기지. 다만, 신경 쓰이는 정보가 있다. 혹시 『하늘 나는 운반꾼』을 알고 있나?"

검은 안개의 질문에 빙호군은 고개를 끄덕였다.

물론, 모를 리가 없다.

"그래, 그 용기사 놈이랑 이름이 똑같은 운반꾼 말이지. 지금까지 우리 동포를 두 번이나 쓰러트린 것도 모자라 아예 용사들과 파티를 짰다더군."

"그렇다. 녀석이 신림 도시로 향했다는 정보가 들어왔다."

"그렇겠지. 이미 신림 도시에 와 있는 것 같거든. 하늘 나는 운반꾼이라는 거창한 이름을 가진 녀석이."

빙호군의 대답에, 검은 안개는 목(?)을 움츠렸다.

"……벌써 도착했나. 예상 이상으로 움직임이 빠르군."

"그래, 듣자 하니 마법 과학 길드 소장의 말로는 신림 도시에 오자마자 신수에서 물자 운반을 했다는 모양이다. 신수의 통로는 이미 썩었으니 운반꾼 따위가 올라갈 수 있으리라곤 생각조차 안 했는데."

"호오……? 대체 어떻게 올라간 거지?"

"글쎄. 정보를 모아봤지만, 연성의 용사와 함께 올라왔다는 이야기뿐이었다.

어두워서 다들 못 본 건지, 내가 이야기해본 사람 중에는 운반꾼이 어떻게 올라왔는지 아는 사람이 없었다. 이러니까 인간들은 쓸모없다고 할 수밖에."

"……흠, 어쨌든 이미 신림 도시에서 움직이기 시작했다는 거군. 녀석이 계획에 걸림돌이 되겠나?"

'자기와 같은 고대종을 잡았다는 소문 때문에 불안한 건가.'

빙호군은 그렇게 생각하며 자신 있게 대답했다.

"아니, 별문제 없다."

"그 근거는?"

"아무래도 그 녀석의 업적들은 용사들의 힘을 빌린 결과 같거든. 보나 마나 이번에도 신수 위에 올라갈 때 용왕의 힘을 빌렸겠지. 평범한 운반꾼이 신수 위로 올라가려면 그런 방법밖에 없을 테니."

"그래, 그렇겠지. 용왕의 절대적인 힘이라면 충분히 가능하다."

신수는 높이는 수백 미터에 달한다. 그런 신수를 한낱 운반꾼이 아무것도 없이 혼자서 올라올 수 있을 리가 없다. 필시 모종의 방법을 썼을 것이다.

그렇게 생각해서 빙호군이 추측한 것이다.

"불가시의 용기사가 기르고 있던 용이라면 신수 밖으로 날아서 올라가는 것쯤 일도 아닐 테고. 설령 사람 모습으로 오른다 해도, 그 체력이나 용의 힘을 생각하면 충분히 가능하다. 추측이지만 『하늘 나는 운반꾼』이라는 별명도 그 용을 거느리고 있어서 붙은 별명이겠지."

그렇다면 지금까지의 위업도 합리적으로 설명할 수 있다.

이때까지 『하늘 나는 운반꾼』이 일궈냈다는 실적은 『운반꾼이 속한 파티가 한 일』이라고 생각하면 이해할 수 있다.

"고대종도 용사들의 힘으로 쓰러트렸다고 보는 게 타당하겠지. 뭐, 초인적인 용사들과 파티를 짠 걸 보면 그 운반꾼 녀석은 꽤 수완가인 모양이지만."

"그런가. 일단 경계해두도록 하지."

어쨌든 용사들과 함께 다니고 있는 건 사실이다. 무시할 수 있는 상황이 아니다.

"……신수는 이미 독에 서서히 죽어가고 있다. 용왕의 날갯짓조차 버티지 못할 수도 있어."

이번 일도 그렇지. 아무리 외부에서 날아가서 꼭대기에서 날갯짓한다 해도 확실하게 손상될 것이다.

"그걸 모르면 그대로 신수가 붕괴할 뿐이니 상관없다. 녀석들도 생각이 있으면 날갯짓을 할 때마다 신수의 수명을 갉아먹을 뿐이라는 걸 알겠지. 이제 얼마 남지 않았다는 걸 말이야."

그렇기에 곧 녀석들은 움직일 수 없게 된다.

"즉, 녀석이 비록 약간 수완이 좋다 하더라도, 용사들의 발을 묶어버리면 그걸로 끝이라는 거지. 그리고 만에 하나, 운반꾼 놈이 고대종을 쓰러트릴 만한 힘을 가지고 있다고 해도 내 독은 어쩌지 못해. 기적적으로 날 찾아내서 쓰러트린다고 해도 말이지. 녀석은 내가 만든 독 중에도 특수한 자립형 독이거든."

그렇게 말하고 빙호군은 쓴웃음 지었다.

"뭐, 애초에 나는 이곳에서만큼은 무적이니까 너무 돌아가는 느낌이 들기도 하지만."

"네 말이 옳다. 그러기에 신수를 죽이고 있는 거고."

"그래. 만약 용사들과 싸운다 해도 확실하게 압살할 수 있다."

완벽하게 준비했다. 마왕 대전이 시작됐을 무렵부터 지금까지,

오랜 시간 동안 쌓아온 것이 자신 안에 있다 하고 빙호군은 자신의 손을 바라보면서 말했다.

"너는 특수하니까, 믿고 있겠다. ……그런데 널 찾아낸다는 이야기가 나왔으니 하는 말이다만 그렇게 깊숙이 인간들 틈에 섞여 있어도 괜찮은 건가?"

"괜찮다. 온전한 건 세상에 열 개도 남지 않은 '마수왕의 비보'까지 썼으니까. 내가 신에게 알랑거리는 인간들 틈에 섞여 있다는 것을 떠올릴 때마다 오한이 드는 것만 빼면 완벽하다. 게다가 만약에 대비한 트리거도 준비했고."

"트리거? 모종의 마법인가?"

그러자 빙호군이 오만상을 지으며 대답했다.

"아니, 비보의 기능이다. 생각하고 싶지도 않고 일어나서도 안 될 일이다만, 만약의 사태가 되면 내가 하지 않아도 자동으로 작동하는 일종의 보험이지."

"상당히 공을 들이는군."

"방심하지 않는다고 했잖나? 신이 줬다는 꺼림칙한 신수를 모처럼 제거할 기회니까, 아무리 신중해도 부족하다."

실수 따윈 있을 수 없다.

"그만큼 각오하고 있다는 건가."

"그래. 실패해선 안 된다. 만약 용사들이 방해한다 해도, 잘난 운반꾼이 있어도, 녀석이 어떤 힘을 가지고 있다 해도, 나는 무적이다. 그러니까 너는 신수가 독으로 쓰러지는 날을 기대하고 있으면 된다."

그 말을 마지막으로 빙호군과 검은 안개의 대화는 끝났고, 두 모습은 어둠 속에 녹아 들어갔다.

최강 직업(용기사)에서 초급 직업(훈련관)이 되었는데,
어째서인지 용사들이
의지합니다

제3장 ◆작아도 믿음직스럽게

늦은 밤.

"앗, 도르트 씨, 다녀왔어——!"

"오오, 마리온 군, 돌아왔는가!"

별의 도시 크레이트.

상업 길드 서브마스터 도르트는 길에서 우연히 마리온과 마주
쳤다.

"크레이트에는 언제 돌아왔는가?"

"악셀 씨와 실베스타에서 헤어지고 이제 막 돌아온 참이야."

"그렇구먼. 실베스타에선 어떻게 지냈나?"

"뭐, 일도 많고 문제도 많았지만, 즐거웠어."

그리 오래 같이 다닌 건 아니지만, 새로운 경험들을 잔뜩 쌓을
수 있었다.

"으음, 나는 도중에 헤어졌으니 말일세. 부럽구먼."

"아하하, 언젠가 크레이트에 돌아갈 수도 있다고 했으니까 그
때 물어보면 되지."

"그래, 그렇군. 각 도시에 있는 상업 길드 지부에서 오는 정보
만으로도 어느 정도는 상황을 파악할 수 있지만, 역시 본인한테

들는 게 제일 재밌으니까. 나도 악셀 군 덕분에 손녀가 성장했다는 이야기도 하고 싶다네."

"그래. 그때 또 밥이라도 먹으러 가자고."

그렇게 말한 뒤 마리온은 주위를 확인하고 도르트에게 귓속말을 했다.

"그리고 중요한 얘긴데…… 아무래도 고대종의 움직임이 활발해진 것 같아. 실베스타에도 나타났어."

마리온의 말을 들은 도르트의 음색과 표정이 진지하게 바뀌었다.

"흠…… 이 도시뿐만 아니라 실베스타까지 고대종이 나타났다니. 뒤숭숭하군."

"그래, 그리고 고대종과 함께 마인이라 자칭하는 사람이 나타났어."

마인, 이라는 단어가 나온 순간 도르트의 표정이 더 일그러졌다.

"그게 사실인가, 마리온 군?"

"응. 일단 악셀 씨가 녀석을 잡아다 실베스타 해사 길드에 잡아넣었어. 지금 무슨 짓을 벌였는지 심문하는 중이야."

"역시 악셀 군이군. 흠, 해사 길드라면 일단은 안심인가."

도르트가 마음이 놓인 듯 한숨을 내쉬었다.

그렇지만 표정은 그대로 유지한 채로,

"……그래서, 마리온 군. 붙잡힌 마인은 마수의 몸을 융합했던 가?"

그렇게 물었다.

마인 중에는 특수한 기술로 자신의 몸과 마수의 몸을 융합한 자들이 있다. 다른 마인보다 강하고 위험하다.

"아니. 《의사》의 말로는 그냥 인간이라더군."

그 후, 마인이라고 자칭한 남자에게서 정보를 끌어내기 위해 이런저런 스킬로 심문하거나 데이터를 열어보거나 했지만 분명 평범한 인간이었다.

"다만, 직업이 뭔지 모르겠어. 《명탐정》의 스킬을 사용해도 모르겠더라고."

상급 직업인 《명탐정》이 가진 스킬 중에는 상대방과 대화를 계속 나누는 것으로 상대방의 직업을 간파하고 종이에 자동으로 결과가 나오는【밝혀지는 추리】라는 스킬이 있다.

마침 해사 길드에 명탐정 직업을 가진 사람이 있어서【밝혀지는 추리】를 사용했다.

그랬지만, 명탐정이 마인의 직업을 종이에 쓴 순간 그 글자가 즉시 검게 칠해져 버렸다.

몇 번이고 시도해봤지만 똑같았다.

……대체 왜 그렇게 되는지도 밝혀내지 못했다.

결국, 누가 어떤 방법으로 조사해도 직업이 무엇인지는 알 수 없었다.

"신이 내려주신 스킬을 방해한다니. 평범한 인간이라도 성가시군……."

"그러게 말이야. 신을 미워하는 마인들은 정말 상대하기 힘들어. 무슨 짓을 할지도 모르겠고."

마왕 대전 때부터 줄곧 그랬다.

"어디에 숨어있는지도 모르겠고…… 긴장의 끈을 놓으면 안 되겠군."

"동감이야. ……참, 이건 다른 이야기인데, 실베스타의 길드에서 받아온 연락서가 있어. 신께서 내려오실 때까지 아직 시간은 있지만, 미리 준비할 거니까 여러 가지 신경 써달라고 하더라."

그렇게 말하면서 마리온은 스크롤 하나를 꺼냈다.

보고서와 상업 길드에 건네줄 정보가 들어있었다.

"흠? 어디, 한번 보도록 하지."

도르트는 스크롤을 받자마자 펼쳐서 처음부터 끝까지 훑었다.

그러는 동안에 도르트의 표정은 아까와는 다른 진지함이 깃들기 시작했다.

"호오, 꽤 재밌는 물건을 원하는군. 강신제(降神際)는 늘 색다른 걸 찾으니까 재미있단 말이지."

"그런 거야?"

"그래…… 마인이니, 마수니 사건 사고만 생각하고 있다간 일상이 망가질 테고. 거래가 될 만하면 좋은 가격으로 구해다 줘야지."

"뭐, 그건 마음대로 해도 되는데, 싸움이 나지 않을 정도로 적당히 해 둬. 빌헬름 씨라던가, 저쪽에는 성질 급한 사람들이 많으니까. 나는 싸움이 나도 안 말릴 거야."

해가 뜨기 시작할 즈음 눈을 뜬 나는, 여관 밖으로 나와서 거리를 산책하고 있었다.

꽤 이른 시간이라 거리에는 인적이 거의 없었다.

약간 삭막하게도 보이지만, 대신 마을의 풍경이 잘 보이니 인적이 적은 것도 나쁘지만은 않았다.

게다가, 이 시간대에 일어난 건 나 혼자가 아니다.

"응— 이른 아침부터 친구의 체온을 느끼는 게 얼마 만이지? 기분 좋게 눈을 떴어."

데이지도 함께였다.

지금은 내 어깨에 달라붙은 채로 산책하고 있다.

"옛날부터 이 시간대에 일어나는 건 나랑 너뿐이었으니까."

"그래. 친구는 이미 이 시간에 눈을 뜨는 게 버릇이 된 것 같고, 나도 잠을 오래 자지는 않으니까."

바젤리아와 사키는 아침에 일찍 일어나는 편은 아니고, 다른 용사들도 그렇게까지 일찍 일어나는 사람은 없었다. 그래서 옛날에는 자주 아침부터 함께 있었다.

그때를 회상하면서 데이지와 말을 주고받았다.

"그런데 거리를 이만큼 돌아다녀도, 아침에 문을 여는 가게가 하나도 없네."

"신수가 워낙 크다 보니, 늦은 아침이 되어도 그늘에 가려 어둑한 곳이 있어 위험하거든. 완전히 해가 뜨고 나서 문을 여는 곳이 많아."

"오── 그렇구나."

확실히, 저렇게 큰 나무가 떡하니 서 있으면 햇빛이 닿지 않는 곳도 있겠구나.

그러고 보니, 그렇게 빛이 잘 들지 않는 곳을 창고 구역으로 쓰고 있다고 세실이 말한 적이 있었다.

"아, 신림 도시의 특색을 배운 건 좋은데 문을 연 가게도 없고…… 뭐 하지."

이미 가볍게 도시를 한 번 돌아봤고 길도 확인했다.

이대로 산책을 계속하는 건 좋지만 이제 슬슬 다른 곳을 구경하고 싶었다.

"아, 친구. 그렇다면 내 연구소에 갈래? 저쪽인데."

어깨 위에 있던 데이지가 신수 쪽을 가리키면서 말했다.

"네 연구소? 어제 말한 그거?"

"응, 보여주고 싶었으니까. 지금 시간이 난 김에 소개하고 싶어서."

"오, 잘됐군. 가 보자."

그렇게 데이지의 안내를 따라 신수 쪽으로 걷기를 몇 분.

데이지가 향한 곳은 신수 뿌리에 붙어 있는 작은 집이었다.

"여기가 연구소야? 상당히 재밌는 곳에 세웠구나."

"그래, 신수 소재를 구하는 데 안성맞춤이거든."

그렇게 말하면서 데이지가 연구소 문에 손을 댔다.

그러자, 짤깍, 하는 소리와 함께 문이 열렸다.

"자자, 그럼 들어와, 친구."

"그래. 그럼, 실례할게."

안에 들어가자마자 여러 가지 약병이나 플라스크 등의 실험 기재가 깔끔하게 정리된 풍경이 눈에 들어왔다.

그리고 용도를 알 수 없는 기계들이 놓여 있었다.

"내 연구소에 어서 와, 친구. 좁은 곳이지만 편하게 있어. 의자는 여기 있어."

방 한가운데 있는 동그란 의자에 앉아서 데이지는 양팔을 펼치면서 말했다.

"그래, 그럼 사양 않고……. 그런데, 데이지는 어디라도 연구소 같은 방으로 만들어 버리는구나."

마왕 대전 시절에도 근처의 폐가를 개조해서 이런 연구소를 만들었다.

"그래. 이렇게 하는 게 제일 일하기 편하거든. 나는 먼저 일할 환경부터 만드는 성격이니까. ……혹시 불편해?"

"아니야. 오히려 그리움이 느껴져서 좋아."

그렇게 말하자 데이지는 기쁜 듯이 미소를 지었다.

"후후, 친구가 그런 말을 해주니까 의지가 솟네."

그렇게 말하면서 내 어깨에 올라탔다.

왠지 흥분한 것 같다.

가만, 이런 식으로 어깨 위로 올라왔을 때는 쓰다듬어 달라는 신호였던가.

문득 그런 기억이 떠오른 나는 데이지를 쓰다듬었다.

그러자, 데이지는 좀 더 기쁜 듯이 뒹굴었다.

그리운 광경이구나.

뭐, 예전에는 갑옷 차림에 투구까지 쓰고 있어서 약간 거리감이 있었지만, 지금은 직접 살을 맞대고 있어서 감촉이 달랐다.

그런 생각을 하면서 데이지를 쓰다듬고 있자니.

──똑똑.

노크 소리가 들렸다.

"데이지 님. 계십니까."

시드니우스의 목소리였다.

그러자 데이지가 대답했다.

"있어. 들어와──."

"그럼, 실례합니다."

그리고 곧 기사단장 시드니우스가 문을 열고 들어왔다. 그의 뒤에는 갑옷을 입은 남자와 백의를 입은 여성이 함께 서 있었다.

누구인가 생각하고 있자니 기사단장과 눈이 마주쳤다.

"이런, 악셀 씨도 계셨습니까. 어제는 정말 감사했습니다."

그가 고개 숙여 인사했다.

"나야말로. 맛있는 가게에 데려다줘서 고마웠어, 시드니우스."

"아뇨, 시간이 없어 그런 답례밖에 못 해드려서 죄송합니다. ……그 뒤로 모카 소장과도 만났습니다만, 다음에 꼭 답례하고 싶다 하시더군요. 다음에 식사라도 같이 해주셨으면 합니다."

"그래, 기억해 둘게. ……그런데 여긴 무슨 일로 온 거야? 나는 밖에 나가 있을까?"

보아하니 기사와 연구원인 것 같은데, 데이지에게 무슨 용건일까?

"아, 데이지 님께 오늘 발주서를 가져온 사람들입니다. 기사단 《성기사》 소속 기사와, 마법 과학 길드 하층에서 연구하고 계시는 《상급 약사》입니다."

시드니우스가 뒤에 있는 기사와 백의를 입은 여성에게 눈을 돌리면서 말했다.

그러자 데이지가 고개를 끄덕였다.

"아, 늘 하던 그건가. 알았어. 나중에 볼 테니 거기 테이블에 놔둬."

"네, 부탁합니다, 연성의 용사님. 이게 기사단에서 드리는 발주서입니다."

"이쪽이 마법 과학 길드에서 드리는 발주서입니다, 데이지 님."

데이지의 말을 듣자마자 시드니우스 뒤에 서 있던 사람들이 품

속에서 종이 몇 장을 테이블에 놓았다.

데이지는 종이를 펼쳐 읽었다.

옆에서 대충 봤더니, 종이에는 마석 혼합 주괴나 중화제 등 여러 물건이 적혀 있었다.

"발주서라면 물자를 발주할 때 쓰는 거잖아? 상점 같은 데가 아니라 데이지가 읽는 건가?"

그러자 시드니우스가 대답했다.

"예, 기사단이 신수에서 소재를 채집하는 도구나 연구소에서 쓰는 기자재, 물자는 평범한 상점에 없는 것이 많습니다. 또 보안상의 문제로 아무 데서나 발주할 수도 없기도 하고요. 그래서 물건 대부분은 창고 구역에서 가져오고 있습니다. 거기에는 만약에 대비한 특수한 물건도 있으니까요."

나는 요전 세실에게 들은 정보를 다시 떠올렸다.

"창고 구역? 거기는 사람은 살지 않는다던데."

"맞습니다. 지금은 기사단과 마법 과학 길드가 기지로 사용하고 있기에 경비가 중요하거든요. 발주서는 그쪽에서 필요한 겁니다."

"즉, 가져가기 전에 데이지한테 확인을 받는 건가. 왜지?"

그러자 발주서를 읽던 데이지가 대답했다.

"창고 구역이 생각보다 멀거든, 친구. 필요한 게 있을 때마다 매번 왕복하면 시간이 아깝잖아. 간단한 거나 급하게 필요한 물건 중에 내가 만들 수 있는 게 있으면 여러모로 편할 테니까, 내가 해준다고 했지."

데이지의 말을 들은 시드니우스가 쓴웃음을 지었다.

"그런 이유입니다. 안 그래도 바쁘실 텐데 도와주셔서 정말 감사하고 있죠. 창고 구역이 꽤 넓은 탓에 물건 찾기도 쉽지 않고, 그나마 신수와 가까운 창고는 이미 거의 다 비었거든요."

"그렇구나. 꽤 넓나 보네."

"신수가 큰 만큼 그림자도 크니까요. 기온도 일정하고 창고로 쓰기에는 더할 나위 없이 좋긴 합니다만. ……뭐, 그런데도 최근 1개월간 창고 구역에 비축된 물자를 상당히 소모했습니다. 상인을 통해 비축품을 늘리려고 해도 시간이 걸릴 테고요. 그런데 이런 식으로 데이지 님이 만들어 주시니 저희는 감사할 따름이죠."

기사단장이 데이지를 보면서 말했다.

그의 뒤에 서 있는 기사와 백의를 입은 여성도 동의하듯이 고개를 끄덕였다.

아무래도, 데이지는 대활약 중인 모양이다.

"날 믿고 일을 맡긴 거잖아? 그렇다면 나 또한 그 믿음에 보답해야지. 그게 내 신념이니까. 거기에 신수를 고치는데 일에 나도 일조하고 싶거든."

그 말들 듣고 백의를 입은 여성이 눈물을 글썽였다.

"데이지 님께서는 이곳에 오시자마자 순식간에 직접 연구소를 세우고 저희를 도와주셨습니다. 덕분에 독 해석의 진척도 빨라졌고 치료약 개발도 속도가 붙었습니다. 그야말로 기사회생이었습니다. 정말 감사합니다…….”

“이 연구소는 폐가를 분해해서 연성, 재구축했을 뿐이라 별로 어렵지도 않았지만 말이야. 연구도 마법 과학 길드의 조사자료를 기초로 진행했고.”

데이지는 웃으면서 말하자 백의를 입은 여성은 고개를 좌우로 흔들었다.

“빈말이 아닙니다. 거기에 악셀 씨께서 어제 물자를 대량으로 옮겨주신 덕분에 배 가까이 속도를 낼 수 있게 되었습니다. 두 분은 그야말로 구세주이십니다.”

“나는 그냥 짐을 옮겼을 뿐이지만 말이지.”

그냥 시드니우스보다 조금 많이 옮겼을 뿐이다.

그렇게 말하자 이번에는 시드니우스가 고개를 흔들었다.

“아닙니다, 악셀 씨. 그게 중요합니다. 필요한 게 없으면 연구를 진행할 수가 없으니까요. 의욕도 떨어지기 마련이고요.”

“맞아요! 어제 식량에 여유가 생긴 덕분에 오랜만에 밥을 배부르게 먹었다고 《대 박사》—— 아니, 모카 소장도 말했어요.”

“그렇게 힘든 상황이었구나.”

“물자를 대량으로 옮길 방법이 없으니까요……. 정말 감사합니다.”

“도움이 됐다면 다행인데. 나중에 또 뭔가 옮길 물건이 있으면 말해줘. 창고 구역에서 옮기는 것도 괜찮고.”

“네…… 거듭 감사드립니다, 악셀 씨……!”

내가 그녀와 대화를 하는 사이에 발주서 확인을 끝낸 데이지가 고개를 들었다.

"좋아, 얼추 다 확인했어."

데이지가 발주서를 전부 읽은 모양이다.

"대부분 금방 만들 수 있을 거야."

"저, 정말입니까. 전보다 훨씬 많은데요?!"

"양은 문제가 안 돼. 그보다 이 소재 분쇄용 해머 말인데, 마석을 섞은 금속제면 돼? '가능한 경우에는'이라고 적혀 있는데."

그러자 기사단장 뒤에 있던 기사가 대답했다.

"네, 신수 소재를 채취할 때도 사용할 예정이거든요. 평범한 나무나 금속 망치라면 신수가 단단해서 튕겨 나오니까 가능하면 마석이 들어간 금속으로 부탁드리고 싶습니다. 하지만 마석을 섞은 철제품은 어지간한 장인이 아니면 만들 수 없다고 하니 '가능한 경우에는'이라고——."

"아니, OK. 지금 만들게."

"예?! 지금 당장요?"

기사가 말을 마치기도 전에, 데이지가 손을 들더니.

"【연성:마석 혼합 해머】"

하고 말했다.

그 순간, 데이지의 손(앞발)이 향한 곳에 놓여 있던 주괴 등의 재

103

료들이 하얀빛에 둘러싸이더니 이윽고 한곳으로 모이기 시작했다.

머지않아 빛이 사라지고.

"완성."

어느새 번쩍거리는 해머 몇 개가 놓여 있었다.

"언제 봐도 굉장하네요, 데이지 님의 연성은……."

"연성 과정은 처음 봅니다만, 이렇게 시원스럽게 만드시는군요……."

기사단장 일행은 눈을 크게 뜨고 놀란 표정이다.

……데이지의 연성 마법.

소재와 연성 후의 이미지만 있다면 만드는 과정을 무시하고 물건을 만들 수 있다.

데이지는 그런 마법이라고 말했었다.

연성 스킬이 없는 나는 봐도 잘 모르겠지만.

"데이지의 연성 마법도 여전히 대단하네."

"그래?! 친구가 그렇게 말해 주니 기쁘네! 쓰다듬어 준다면 더욱 기쁠 텐데?!"

나는 데이지의 배 부분을 간질이듯 쓰다듬어 주었다.

그러자, 데이지가 기쁜 듯한 표정을 지었다. 단, 내 뒤에 있는 기사단장 일행이 눈치채지 못하게 조절하면서.

이상한 요령을 가지고 있군.

"좋아—! 그럼 계속 만들자!"

흥분한 데이지는 연성을 계속 반복해, 물품들을 만들어 내기 시작했다. 애초에 별로 넓지 않던 실험실 바닥이 금방 매워졌다.

그러나 돌연.

"응? ……이게 뭐지?

그런 말과 함께 데이지가 움직임을 멈췄다."

"무슨 일이야, 데이지?"

"지금 보니까 발주서 맨 밑에 줄을 그어 지운 게 있었네. 정신 피로 회복 포션 40개? 뭐야 이거?"

그러자 기사단장이 면목 없다는 표정으로 고개를 숙였다.

"아아, 죄송합니다. 실은 마법 과학 길드에서 일하는 분들을 위한 제안이었습니다만, 상급 약사인 그녀가 이만큼이나 만드는 건 불가능하다 해서 그렇게 됐습니다."

기사 단장의 말에 백의를 입은 여성이 한숨을 내쉬었다.

"당연하죠, 정신 피로 회복 포션은 창고 구역에도 비축이 거의 남아 있지 않습니다. 정제하기도 어려운 데다, 상급 약사가 해도 하나 만드는 데 세 시간은 걸리는 포션이라고요. 심지어 그만한 정제 기구도 필요합니다. 인원수만큼 만들 시간이 있으면 차라리 그 시간에 연구하는 편이 낫습니다. 데이지 님의 기구를 빌려 가면서까지 만들 필요는 없습니다."

"흐음…… 하지만 있는 편이 좋다는 거지?"

데이지의 말에, 백의를 입은 여성이 흠칫거리면서 수긍했다.

"예, 정신의 피로는 회복이 어려우니까요. 다만 그럴만한 시간이⋯⋯."

"아니, 그 정도라면 괜찮아. 신수에서 소재를 마구 채취했으니까 곧바로 만들 수 있어. 걱정하지 말라고. 필요한 걸 만든다고 한 건 나니까."

"네?!"

데이지는 그렇게 말하자마자, 다시 양손을 들었다.

"【연성:상급 약 정제】"

그리고 연성 마법을 사용했다.

그러자 방금처럼 주위에 있는 소재 중에서 몇 개인가가 빛에 둘러싸였다.

잠시 후.

"⋯⋯자, 됐다. 가져가."

빛이 사라지자 진한 주황색 액체가 들어간 병 몇십 개가 늘어서 있었다.

"순식간에 포션을 이렇게 많이⋯⋯?!"

그것을 본 상급 약사가 포션을 하나 집어 들고는 뚜껑을 열어 확인했다.

"이 특유의 주홍빛, 강렬한 단내⋯⋯ 틀림없는 정신 피로 회복 포션이에요! 아니⋯⋯ 체력 회복 효과가 있는 소재도 사라진 걸 보니 체력도 회복되겠네요."

"응, 효과를 추가한 것도 알았구나. 그래도 뭐, 몸도 정신도 회복할 수 있으니까, 나쁘지 않지?"

그렇게 말하면서 데이지는 병의 개수를 헤아렸다.

"음…… 좋아, 40병이네. 뭐, 이만큼 있으면 충분하겠지. 다음부터는 필요한 물건이 있으면 그냥 말해. 어차피 못 만드는 건 내가 거절할 테니까."

"아, 네! 알겠습니다!"

"이걸로 내가 만들 수 있는 건 얼추 만들었으니까 가져가. 나머지는 창고 구역에서 찾고. 아마 금방 찾을 수 있을 거야."

"아, 네! 감사합니다, 연성의 용사님!"

그런 감사 인사를 남기고 기사 한 사람과 상급 약사는 데이지가 만든 물건을 가지고 연구소 밖으로 달려갔다.

그리고, 시드니우스만 남았다.

"거참…… 이렇게 간단하게 도구나 강력한 약을 만들 수 있다니 데이지 님의 힘은 참 경이롭군요. 악셀 씨도 그렇지만 용사라 불리는 분들은 정말 굉장하단 생각밖에 들지 않습니다."

데이지와 나를 쳐다보면서 그런 말을 했다.

"뭐, 나야 그런 스킬이랑 능력이 있는 직업이니까. 복잡한 게 아니라면 거의 뭐든지 연성할 수 있어. 물론 딱딱한 신수를 상대로 마력이나 액기스 성분을 추출하는 기재를 만들 때는 며칠 정도 걸리지만."

데이지는 연구실 가장자리에 있는 관이 달린 기재에 손을 얹고 말했다.

"하하, 마법 과학 길드는 그런 기재를 만드는 데에 몇 년이나 걸렸습니다. 마왕 대전 때는 '이동하는 작은 대연구소'라 불렀다는 이야기를 들은 적이 있습니다만, 직접 보니 알 것 같군요."

시드니우스가 한 말에 데이지가 살짝 미소지었다.

"오랜만에 듣는구나. 내가 만든 물건을 여러 사람이 사용했는데…… 그때는 친구가 제일 자주 사용했던 기억이 나."

"아— 데이지가 만든 무기가 가장 튼튼했었으니까, 그것만 사용했었지. 참고로 용기사 시절에 네가 개량한 창과 검은 아직 현역이다?"

나는 운송주머니 안에 들어있는 검과 창을 떠올리며 그렇게 말했다.

실제로도 쓰고 있고.

"지, 지금도 쓰고 있어?!"

데이지의 표정이 갑자기 확 밝아졌다.

"물론이지. 이래저래 애착도 생겼거든."

"그랬구나……! 하긴, 그걸 개량할 때 쓴 소재는 하나같이 특별한 것들이었으니까, 꽤 오래 가겠다고 생각은 했지만. 그래, 지금도 쓰고 있구나. 후후후…… 연성한 보람이 있었군."

데이지가 웃으며 말했다.

기뻐해서 다행이군.

"그런데, 시드니우스. 내가 만든 것 중에 아직 안 가져간 이것들은 어떻게 할 꺼야?"

데이지가 시드니우스에게 그런 말을 했다.

그는 물품을 눈으로 확인하더니.

"아, 이건 나무 위에서 사용할 물품입니다. 악셀 씨에게 의뢰할 생각이었거든요."

그렇게 말하면서 시드니우스는 쓴웃음을 지은 채로 나에게 물었다.

"그래서, 어제오늘 신세만 지고 있는지라 말씀드리기 죄송합니다만 ……한 번 부탁드려도 되겠습니까?"

"그래, 알았어. 데이지에게 의뢰하듯 하면 되니까 걱정하지 말고 맡겨, 시드니우스."

"네! 감사합니다, 악셀 씨……!"

그렇게 아침 공기를 마시면서 데이지가 만든 물건 몇 개를 신수 상층으로 운송했다.

제4장 ◆ 열매 운반법

신림 도시 한쪽.

신수의 그림자에 가려 햇빛이 들지 않아 주거지 대신 창고가 된 구역이 있다.

시간대와 상관없이 언제나 인적이 없던 그 거리에 한 달 전, 신림 기사단이 여러 개의 텐트를 치고 신수 회복 작전을 위한 기지를 세웠다.

평소에는 기사들이 서로 농담을 하며 창고에서 물자를 꺼내거나, 교대로 신수 주변을 돌아다니며 경비를 서지만, 이미 기지를 만든 지도 한 달이 지났기 때문에 생각만큼 소란스럽지는 않았다.

그러나 오늘은 평소와 달리 기사 몇 명이 술렁거리고 있었다.

"어이, 이봐, 농담이지? 저거 설마 마술의 용사님인가?"

창고 구역 중앙에서 상급 기사가 그런 말을 했다.

그의 시선 끝에는 양팔로 포대를 안고 검은 머리를 날리면서 걸어가는 여성이 있었다.

상급 기사가 마왕 대전에 참전했을 때 본 적이 있는 미모와 복장이었다.

"맞지? 내가 잘못 본 게 아니지?"

그는 재빨리 동료를 붙잡고 물어보았다.

"그런 것 같다."

그도 마술의 용사가 보이는 것 모양이었다.

게다가 마술의 용사 옆에는 용사 파티의 또 한 사람이 있었다.

"이봐, 마술의 용사님 옆에 있는 붉은 머리, 저거 혹시 바젤리 아 씨가 아닐까? 왜, 용사 파티에서 같이 싸웠다던……."

그녀도 커다란 목상을 안고 있었다.

두 사람이 그렇게 창고 지역을 줄지어 걸어가고 있었다.

"저기, 용사님들? 짐을 좀 들어드릴까요?"

기사 중 하나가 그렇게 말했다.

"아뇨, 괜찮습니다."

"고마워~ 그렇지만 괜찮아──."

그러나 두 사람은 웃으면서 거절했다.

아무래도 마법으로 만든 환영은 아닌 모양이다.

"왜 이 도시에…… 아니, 창고 구역에 오신 거지? 게다가 그 짐은 또 뭐고?"

"그, 글쎄……."

두 사람이 고개를 갸웃거리고 있자.

"응? 뭐야, 너희들 몰랐어?"

뒤에서 기사 한 명이 그렇게 말했다.

최근 들어 기사 단장과 거의 같이 다니는 《근위 기사》였다.

"용사님들이 하늘 나는 운반꾼이랑 파티를 짜셨거든. 그래서 저렇게 도와주고 계신 거지."

그 말에 상급 기사는 어제 사람들에게 들은 이름을 떠올렸다.

맞아. 방금 기사 단장과 함께 창고 구역으로 와서 인사한 사람의 이름이잖아?

"하늘 나는 운반꾼……이라는 게 운반꾼 악셀 씨 맞지? 신수 위까지 한 번에 물건을 운반했다던."

"그래, 맞아. 그 운반꾼. 저 물건들도 나무 위로 운반하겠지."

"호오. ……그나저나 신수 위까지 물건을 배달하는 운반꾼이라니. 역시 용사의 동료라면 그 정도로 굉장한 능력이 있어야겠지?"

상급 기사가 내쉰 한숨에 옆에 있던 동료도 고개를 끄덕였다.

"그래. 용사의 힘을 빌려 위에 올라갔다고 하는 녀석들도 있는 모양이지만 기사단장이 저렇게까지 신뢰하는 걸 보면 아마 진짜 실력이겠지. 소문보다 기사단장의 태도가 더 믿을 만하잖아."

좀 전에 악셀이 인사하러 왔을 때, 옆에 있던 기사단장의 표정과 태도가 떠올렸다.

"우리 단장님은 사람을 대하는 태도가 부드럽지만 그만큼 또 실력주의니까. 각자 실력에 맞게 신경 쓰는 구석도 있고."

임무를 맡길 때 기사들조차 실력이 부족하다고 생각하면 맡기려 하지 않는다.

현실적이며, 상냥하지만 동시에 매우 엄격한 성격이다.

"근데 악셀 씨한테는 그런 거 전혀 없었잖아. 의뢰를 내고는

'맡기겠다'라는 소리까지 했다고."

"그러게 말이야. 태도가 정중한 거야 늘 그러니까 알아채기는 힘들지만…… 그건 이미 실력을 믿고 있는 존경의 눈빛이었어."

기사 단장은 상대방의 힘을 가늠하는 안목이 있다.

그런 단장이 존경하는 눈빛으로 쳐다봤다.

"지금까지는 연성의 용사님한테만 저런 눈빛이었지."

"걱정도 많고 굉장히 신중한 사람이니까. 그런데 그런 단장이 그렇게 반응한다는 건 악셀 씨의 힘이 진짜라는 뜻이겠지."

"그 말이 맞아. 우리도 악셀 씨나 용사님들을 본받아서 신수를 회복시키기 위해 노력하자."

그날, 나는 바젤리아와 사키를 따라 창고를 돌며 운송주머니에 물건을 담고 있었다.

데이지의 연구소에서 이야기한 대로 창고 구역에 있는 물건을 나무 위로 옮기기 위해서다. 기사 단장이나 다른 기사들로부터 어느 창고에 어떤 물건이 있는지는 이미 들었다.

그들이 옮겨달라 하는 물건을 하나둘 운송주머니에 넣었다.

"아, 악셀 씨. 여기가 마지막 창고입니다."

"알았어. 아까부터 나뿐 아니라 사키나 바젤리아도 안내해 줘서 고마워, 시드니우스."

"아닙니다, 용사님들이 총출동해서 도와주시니까, 오히려 제가 감사해야죠. 부하들도 의욕이 솟는 모양이고."

나는 그저 운반꾼 일을 하고 있을 뿐인데 부하들의 의욕이 생긴다니, 무슨 말인지 모르겠지만 좋은 게 좋은 거 아니겠는가.

그런 생각을 하면서 시드니우스가 안내한 창고의 물건을 몇 개인가 운송주머니에 넣었다.

"악셀, 이것도 운반해달라고 하더라고요."

창고 구역 정면에서 사키가 다가오는 게 보였다.

"아, 죄송합니다, 사키 님. 귀찮게 해서."

그러자 사키는 늘 하는 '가식적인 미소'로 고개를 저었다.

"괜찮아요. 악셀을 도와주는 것뿐이니까. 그리고—— 이게 마법 옷감이라고 합니다."

"응 고마워, 사키. 도와줘서."

그녀에게서 물건을 건네받으면서 고맙다는 인사를 했다.

그러자 사키는 가식적인 미소를 즉각 버리고, 진짜 기쁨의 미소를 지었다.

"아아……! 악셀이 고맙다는 말 한마디로 이미 충분합니다! 일을 도와드리는 정도는 아무것도 아니에요! 아니, 오히려 뭐든지 요구해 주세요! 언제든지! 여러 가지를 준비하고 있으니까요! 물론 밤일도!"

"아—— 나는 중간부터 무슨 말인지 전혀 모르겠으니까 그쯤해 둬."

내가 사키와 그런 대화를 하고 있을 때.

"주인~! 나도 물건 가져왔어—!"

바젤리아가 나무 상자를 머리 위로 들고 찾아왔다.

"오— 바젤리아도 고마워. 거기 적당히 놔 줘."

"알았어—! 아, 그리고, 시드니우스 아저씨. 바로 옆에 있는 창고에서 이 상자를 가져왔는데, 이제 창고에 아무것도 없어~."

그러자 시드니우스는 고개를 끄덕였다.

"그렇군요. 거기는 생활용품만 보관하던 곳이니 비어도 상관없습니다. 어제 악셀 씨 덕에 거의 다 옮겼거든요."

"아하~ 주인이 전부 옮겨서 그렇구나."

"예. 이번 것까지 옮기면 당분간은 필요 없을 겁니다."

놀랄 만한 속도와 성과군요 하고 시드니우스는 조금 흥분해서 말했다.

"저희끼리 해봐야 하루분을 옮기는 게 고작이었는데, 설마 이렇게 될 줄이야. 모두 악셀 씨 덕분입니다. 마지막 배달도 잘 부탁드립니다."

"그런 의뢰니까. 나한테 맡겨둬."

"……아, 그리고, 악셀 씨. 이번에는 저도 옮겨주셨으면 하는데, 괜찮습니까?"

시드니우스의 말에 나는 멈춰서서 그 말의 의미를 곱씹었다.

"응? 시드니우스를 옮겨 달라니…… 나무 위로?"

"네, 딸한테 들었습니다만, 운송주머니는 사람도 들어가는 모양이더군요."

아아, 과연. 사람도 옮길 수 있다고 세실이 알려준 건가.

"가능하긴 한데, 그다지 편하진 않을 거야."

"괜찮습니다. 오늘은 마법 과학 길드의 마스터와 이야기를 나누고 싶습니다. 이미 약속도 잡았고요. 운송주머니에 빈자리가 있으면 부탁드립니다."

"괜찮아. 시드니우스의 말대로 이미 거의 다 옮겼으니까 용량은 충분해."

"다행이군요. 그럼, 부탁드리겠습니다!"

"그런고로 나는 위에 다녀올 건데, 사키랑 바젤리아는 어떡할래?"

그러자.

"나는 좀 더 여기 사람들을 도와주고 있을게~. 주인에게 도움이 될 만한 정보를 들을 수 있을지도 모르니까!"

"악셀과 떨어지는 건 아쉽지만, 같이 올라가기보다는 거리에서 정보를 모으는 게 더 도움이 될 것 같으니, 저는 이 근처에 있도록 할게요."

두 사람은 각자 그렇게 대답했다.

그리고는 서로 살짝 노려보았다.

"그러니, 잘 다녀오세요."

"마술의 용사랑 같은 생각이었다는 건 기분 나쁘지만, 뭐, 주인을 위해서 이런저런 일을 해 둘게!"

"하하, 고마워. 그럼, 다녀올게."

"……괜찮아? 시드니우스."

신수 위.

나는 머리를 저으며 비틀대는 시드니우스를 보며 말했다.

운송주머니에서 나온 이후로 계속 이러고 있다.

"승차감은 나쁘지 않았습니다만, 단번에 여기까지 올라온 건 처음이라, 머릿속이 멍하네요. 악셀 씨는 괜찮습니까?"

"난 딱히. 괜찮아."

이 정도 높이는 아무렇지 않다.

용기사 시절에는 더 높은 곳에서 싸웠으니까,

높은 곳이 이미 익숙해진 모양이다.

"거참, 저조차 휘청거리는데 악셀 씨가 괜찮으시다니, 정말 운반꾼이 맞는지 의심이 드는군요."

"하하, 이 운송주머니만 봐도 의심의 여지가 없잖아?"

"그렇군요. 생각할수록 안타까울 따름입니다만……."

이런 이야기를 하면서 우리는 나무 위에 있는 연구소로 향했다.

그런데 연구소로 향하는 도중, 광장에서 기억이 있는 목소리가 들려왔다.

"이번에도 안 됐네요……."

"그렇군요……."

"으음……."

목소리가 들린 쪽을 보니 얼굴을 찡그리고 있는 모카와 백의를 입은 두 명이 있었다.

마법 과학 길드 직원인가.

세 사람은 뭔지 모를 회색 상자 위에 사과처럼 생긴 은색 구체를 앞에 두고 고개를 갸웃거리고 있었다.

"무슨 일이야 모카 씨? 왜 이런 곳에서 끙끙대고 있어?"

무슨 일인가 해서 말을 걸었더니 모카가 나를 발견하고는 아, 하고 입을 열었다.

"그란츠 씨, 게다가 기사 단장까지. 언제 올라온 거야?"

그녀 옆에 있던 다른 두 직원도 우리를 보더니 인사했다.

"조금 전에. 이야기인지 회의인지 뭔가 있다고 해서."

"아, 그랬지. 잠깐 기다려 줘. 지금 지시를 마무리하고 올게."

그러고는 모카는 곧바로 두 연구원과 다시 이야기하기 시작했다.

"어쨌든 소장님, 이 열매는 상처가 하나라도 있으면 성분이 빠져서 약으로 만들었을 때 효과가 줄어드는 건 틀림없습니다. 지금으로선 저희끼리는 어쩔 방도가 없습니다."

"역시…… 밖에서 온 당신도 같은 의견이구나. 뭐, 그렇다면 예정대로 해줘."

모카의 말을 들은 직원 한 명이 고개를 끄덕였다.

"알겠습니다, 모카 박사님. ……그럼, 베인. 뒷일은 밑으로 내려가서 창고 조와 합류하기로 되어 있으니, 그쪽 일을 도우러 가

자. 너는 실력이 좋으니까 그쪽이 일하기 편하지?"

"네. 오랜만에 아래로 내려가네요."

"그러고 보니 너도 신림 도시에 온 지 한 달 조금 덜됐는데 그간 내려간 적이 없구나……. 아직 신림 도시를 안내받지 못했지? 오늘 내려가는 김에 대강 소개해 줄게."

"오~ 감사합니다."

그런 대화가 오가고 두 연구원은 통로에 있는 줄사다리로 향했다.

그것을 보고 시드니우스가 기뻤는지 미소를 띄웠다.

"전보다 자유롭게 내려갈 수 있게 되었군요."

"그렇지. 그란츠 씨 덕분에 줄사다리가 비어있는 시간이 늘어났으니까."

"으음? 전에는 이렇지 않았어?"

"네, 그때는 물자를 옮기는 것만으로도 벅찼으니까요. 지금이라면 내려가는 정도는 부담 없이 할 수 있습니다. 악셀 씨께 감사할 따름이죠."

아무래도 이번에 물자를 대량으로 옮기면서 연구소의 활동이 활발해진 것만 아니라 다른 영향도 있었던 모양이다.

도움이 됐다니 다행이군.

그때 시드니우스가 통로를 보며 입을 열었다.

"그런데, 이야기를 들어보니 또 실패하신 모양이군요. 저 열매의 상태를 보면 아는 일입니다만."

"맞아."

모카가 고개를 끄덕였다.

방금 직원들과도 그런 이야기를 했었지.

"저기, 묻고 싶은 게 있는데. 이건 뭐야?"

사과같이 생긴 주제에 은색이라니.

구체의 절반은 흐물흐물해진 상태였고, 보기만 해서는 짐작이 가지 않는 물건이었다.

그러자 모카는 그걸 손에 들어서 나에게 보여주더니.

"이건 신수 정상에서만 열리는 열매야. 저쪽에 달린 거 보이지?"

그렇게 설명했다.

그녀가 가리킨 곳을 보자 신수의 가지에 은색 열매가 달린 것이 눈에 들어왔다.

"이 열매는 신수의 성분이 응축되어 있어. 연구소에서 열심히 분석한 끝에 이 열매를 해독에 사용할 수 있다는 걸 밝혀냈지. 문제는……."

모카는 거기까지 말하고 입을 우물거렸다.

아무래도 일은 그렇게 쉽게 풀리지 않는 모양이다.

"문제는?"

"이 열매를 약으로 만들려고 해도 여러 가지로 너무 민감해서 쉽지 않아. 가뜩이나 부드러워서 상처 나기도 쉬운데, 조금이라도 상처가 나면 성분이 열화해 버리거든."

"아, 아까 상처가 어떻고 하던 게 그거였어?"

"응. 열매는 몇 번 구하기는 했지만 하나같이 상처가 나 있었던 터라, 이미 성분이 열화한 상태였어. 온전한 열매를 구할 수 있다면 해독 연구도 진전이 좀 있을 텐데…….'

"흐음, 이 과일이 그렇게 따기 어려워? 사람의 손이 닿는 것만으로 이렇게 되는 건가?"

"아, 아뇨 그렇지는 않습니다. 가지에서 따는 정도는 아무렇지 않습니다. 저도 한 번 따러 간 적이 있습니다만 그다지 어렵지 않게 딸 수 있었죠."

나의 말에 반응한 것은 근처에 있던 시드니우스였다. 아무래도 이 과일을 한번 따 본 것 같았다.

"응? 그럼 왜 이렇게 되는 거야?"

그러자.

"——그란츠 씨. 저기를 한번 봐봐."

모카가 과일이 달린 가지 하나를 가리키며 말했다.

"저기 곤충 마수가 있는 거 보여?"

자세히 보니 뿔이 있는 갈색 딱정벌레처럼 생긴 것이 보였다. 크기는 수십 센티미터 정도.

"페네트레이트 비틀인가."

"어라? 알아?"

"뭐, 대충은. 설마 이렇게 높은 곳에도 있을 줄은 몰랐다만."

내가 알기로는 보통 울창한 숲에서 사는 녀석들이다.

"저 녀석들도 처음부터 여기 살던 건 아니야. 신수가 정상이었다면 설령 어디 구멍이 나더라도 금세 원래대로 돌아갔겠지만, 지금은 썩어 여기저기 구멍투성이이잖아? 그래서 이것저것 신수에 꼬이기 시작했다는 거지. 쟤도 그것 중 하나고."

아무래도 신수는 통로만이 아니라 더 위쪽도 맛이 간 모양이다.

"게다가 저 페네트레이트 비틀은 뭔가 이상해. 평소에는 저기에 잠복하고 있을 뿐인데, 이 열매를 가져가려고 하면 덤비거든."

"왜 또 그런 습성이 생긴 거지?"

"애초에 신수부터가 이상 사태니까. 어쩌면 마수들한테도 그 영향이 미쳤는지도 모르지. 그 점도 조사 중이야. 아무튼, 해독 연구에는 온전한 열매가 필요한데…… 열매 채집을 시도할 때마다 녀석들에게 방해받아 이런 꼴이라는 거지."

그녀는 후, 하고 숨을 내쉬면서 아래를 내려다봤다.

"그래서 어떻게든 해 보려고 이번에 튼튼한 상자를 들고 나갔는데……."

나는 바닥에 놓인 상자를 보았다.

상자는 한쪽에 가방끈이 달려있어 등에 멜 수 있게 되어있었다.

모카는 상자를 열어 안을 보여줬다.

상자 안에는 쿠션이 들어있었고 과일을 넣는 자리가 있었다.

즉, 여기 넣어서 옮기려고 했다가 실패했단 뜻인가.

"뭐, 공격당했더니 이렇게 됐어."

금속 상자에는 수많은 흠집이 나 있었는데, 그중 몇 군데는 아예 완전히 구멍이 뚫려 있었다.

페네트레이트 비틀의 큰 뿔은 쇠만큼이나 단단하니까.

그러면서 속도도 상당히 빠르다. 그렇기에 녀석의 돌진은 상당한 위력을 가지고 있다.

"이건 심하군."

"하 설마 금속 상자조차 뚫을 줄이야. 워낙 튼튼하게 만들었으니 안쪽까지 완전히 뚫린 곳은 없지만, 충격까지는 완전히 흡수할 수 없으니까. 한두 번이면 몰라도 몇 번이나 당하니 버틸 재간이 없더라고."

그리고 이렇게 되는 거지, 하며 모카가 은빛 열매에 손을 댔다.

그러면서 분한 표정을 지었다.

"음…… 그럼 마법으로 방어할 수 있는 주머니에 넣는다든지 해서 가져오면 되지 않아?"

"그것도 한 번 시험해봤는데. 이 열매, 마법 상자에 넣는 것만으로 성분이 변하더라고……."

"그거참 섬세하구먼."

운송주머니도 사용할 수 없다니.

"응. 성분만 지킬 수 있다면 사실 어디에 넣어도 상관없긴 한데……."

모카는 한숨을 쉬더니 시드니우스를 쳐다봤다.

"전에 한 번 시드니우스 씨도 시도해봤지만, 실패했지."

"그렇습니다. 그때도 이 상자를 사용했는데, 그 작은 녀석들의 공격을 뚫고 민감한 열매를 운반하는 건 쉽지 않더군요…….”

“그래도 시드니우스 씨가 가져온 열매가 가장 온전했던 덕분에 연구에 진전이 있었지. 그 덕에 해독을 위해서는 완전한 상태의 열매가 필요하다는 결과에 도달할 수 있었거든.”

그런데 열매가 이래서야, 하고 모카는 손으로 눈을 가렸다.

아무래도 생각보다 열매 채집에 상당히 난항을 겪고 있는 모양이다.

“저기, 악셀 씨? 혹시 추가 의뢰도 가능할까요?”

갑자기 시드니우스가 나에게 그렇게 말했다.

“추가 의뢰?”

“네. 지금 이야기한 건 말입니다.”

그렇게 말하는 그를 보고 모카가 눈을 가늘게 떴다.

“시드니우스 씨, 설마 악셀 씨에게 부탁하려고? 저 벌레들은 너무 위험해. 지금껏 열매만을 노리고 공격했지만 운이 나쁘면 사람이 다칠 수도 있어…….”

모카의 말에 시드니우스도 동의했다.

“물론 위험하겠지요. 하지만 악셀 씨는 몸이 날래신 데다 전투도 능숙하시다고 딸에게 들었거든요. 그 아이 말로는 자기보다 더 강하다고 합니다.”

“어, 세실보다?!”

갑자기 모카가 놀란 표정으로 나를 바라보았다.

“그렇게 단단히 단련한 아이들보다 강하다니……. 아니 뭐, 여기까지 올라올 수 있는 사람이니까 그 정도는 당연할지도 모르겠지만. ……그럼 그 기동력에 맞는 전투능력이 있다면 가능할지도 모르겠어…….”

“그렇죠? 솔직히 말해서 우리가 하는 것보다 가망이 있는 것 같은데. ……어떠십니까, 악셀 씨?”

“뭐, 의뢰하겠다면 해보겠지만, 이런 건 나도 처음 해 보는 일이라 어찌 될지는……. 운송주머니도 쓰면 안 되지?”

“그런 셈이지. 가능하면 저 금속 상자를 써줘.”

운송주머니 없이 물건을 지키며 운반하는 건 처음이다.

지금까지 참 여러 의뢰를 처리했다고 생각했는데, 설마 이런 경우가 있을 줄이야. 경험을 쌓을 좋은 기회다.

무엇이든 경험해보는 게 좋으니까.

“두 사람이 괜찮다면 내가 해볼게.”

그러자 시드니우스는 모카와 얼굴을 마주 본 뒤 동시에 고개를 끄덕였다.

“부탁해, 악셀 씨.”

“저희끼리 하는 것보다는 가망이 있으니까요. 물론 저도 도와드리겠습니다. 어느 정도는 상자를 지키는 데 도움이 되겠지요.”

“고마워, 시드니우스.”

이렇게 우리는 시드니우스의 원래 용건보다 먼저 신수 열매를 운반하는 의뢰를 시작했다.

모카와 헤어진 나는 채취용 금속 상자를 등에 멘 채 시드니우스와 함께 열매를 채취하러 신수 가지로 이동했다.

"악셀 씨. 그 단검으로 괜찮으시겠습니까?"

"응, 이거면 돼, 시드니우스."

우리는 지금 가지 위를 걸어가고 있다.

물론 그 가지도 사람 둘이 나란히 서서 걸을 수 있을 만큼 폭이 넓지만 일단 가지이므로 바닥에 둥근 면을 밟는 감촉이 있었다.

이런 가지를 발판으로 창이나 대검을 휘두르면 맨바닥에서 휘두르는 것보다 동작이 느려지거나 흔들릴지도 모른다.

그래서 만약을 대비해 시드니우스에게 단검이 있으면 좀 빌려 달라고 해 받은 것이 바로 이 검이다.

마침 가지고 있어서 다행이네.

나는 그런 생각을 하며 단검을 살펴봤다.

길이는 늘 쓰던 검의 3분에 1도 안 되지만 지금은 이 정도가 딱 좋다.

"이 단검, 좋은 물건이네."

손에 쥐고 느껴본 바로는 잘 만들어진 것을 알 수 있었다. 그렇게 말하자 시드니우스는 기쁜 듯이 미소지었다.

"네, 기사단의 장비는 질이 좋은 것만 들이니까요. 특히 그것은 제가 자주 이용하는 대장간에서 만드는 역작이니까, 특히 사용하기 쉬울 겁니다."

"그, 그런 걸 빌려줘도 괜찮겠어?"

"괜찮습니다. 필요한 게 있으면 마음껏 사용해 주십시오. 도구는 써야 비로소 의미가 있으니까요. ……그나저나 검 쥐시는 모양새를 보아하니 단검도 익숙하신 모양이군요."

시드니우스는 단검을 쥔 손을 보더니 그렇게 말했다.

"뭐, 그럭저럭. 용기사 시절에 던지는 용도로 가끔 썼거든. 단검술사만큼은 아니지만."

"그렇습니까. ……아니, 혹시 던질 필요가 있으면 던지셔도 상관없습니다. 아래쪽에는 사람도 없으니까요."

"하하, 뭐 그럴 때가 온다면."

그런 이야기를 나누면서 시드니우스와 함께 걸어 열매가 달린 가지에 도착했다.

가지 밑에 달린 과실들이 희미하게 달콤한 향을 풍겼다.

"이걸 따면 되는 거지?"

"네. 상자에 넣고 돌아가는 게 중요합니다."

"흠…… 열매에 이만큼 다가갔는데도 마수들이 공격을 안 하네."

페네트레이트 비틀은 나무 수액을 마시고 사는데, 먹이터에 대한 세력권에 민감하다. 그래서 그 세력권에 들어간 사람을 덮치곤 하는데, 지금은 전혀 공격하질 않고 있었다.

"예. 저 녀석들을 이 열매를 따서 돌아갈 때만 공격합니다."

"이상한 습성이군."

뭐, 애초에 신수 자체가 특별하니까.

신수에서 살다 보니 습성이 바뀐 걸지도.

모카는 조사 중이라고 했지만.

"열매를 딸 때까지는 안전하단 말이지."

나는 등에 메고 있던 상자를 바닥에 내렸다.

그리고 눈앞에서 달콤한 향기를 풍기고 있는 열매를 손바닥으로 감싸듯이 조심스럽게 땄다.

그러자, 열매에 붙어 있던 가는 가지가 비틀려 끊어졌고 내 손 안에 은빛 구체가 들어왔다.

상처도 없는 완벽한 상태다.

열매의 상태를 확인한 나는 금속 상자 안에 들어있는 쿠션에 넣었다.

"따는 건 간단하네."

"그렇죠. 열매를 딸 때까지는 저도 문제없었습니다만……."

시드니우스는 그렇게 말하면서 내 뒤를 지키듯이 칼을 뽑았다.

시드니우스를 바라보니, 벌써 붕붕거리는 날갯소리를 내면서 벌레들이 다가왔다.

"이제 시작이군."

나는 상자 뚜껑을 천천히 닫고 다시 어깨에 멨다.

그리고 단검을 역수로 쥔 상태로 일어섰다.

그것만으로 감각이 날카로워졌다.

내 쪽—— 정확히 말하면 내 등 뒤에 있는 상자에 적의가 향하는 것이 느껴졌다.

"위, 아래, 그리고 우리가 걸어온 방향에도 있구나."

이 녀석들은 여기 모여서 사는 모양이니 어디서 나와도 이상하진 않다.

나무가 시든 탓에 잎이 별로 없는 게 불행 중 다행이다.

"작전대로, 조금 거리를 벌리고 제가 뒤쪽을 지키겠습니다. 뒤에서 오는 공격은 맡겨 주십시오. 악셀 씨는 앞에만 집중해 주세요."

"알았어. 그럼, 가자."

그 말을 신호로 삼아 우리는 왔던 길을 되돌아갔다.

물건이 상하지 않도록 일부러 전속력을 내지는 않았다.

이미 여기까지 오면서 길을 파악해뒀다. 열매가 상하지 않을 정도의 속도로 달린다면 몇 분으로 충분한 거리다.

"……최악의 경우, 수십 마리 정도는 상대해야 하겠군."

"네, 옵니다……!!"

순간, 대각선 위에서 캉! 하고 쇳소리가 울렸다.

"큭……."

그리고 이어서 시드니우스의 신음이 들렸다.

나는 한눈에 무슨 상황인지 파악했다.

시드니우스가 검으로 페네트레이트 비틀을 튕겨낸 것이다.

30cm 정도 되는 딱정벌레가 밖으로 튕겨 날아가는 것도 봤다.

"괜찮아?"

"네…… 보다시피 강력한 돌진입니다. 상자에 부딪히면 그걸로 끝입니다……!"

덩치도 작아서 일일이 상대하기 쉽지 않다.

그런데도 요격할 수 있었던 건, 시드니우스가 그만큼 대단한 기량을 가지고 있기 때문일 것이다.

예상은 했지만 성가시군.

"또 옵니다!"

"그런 것 같네."

후방, 머리 위, 그리고 왼쪽에서 딱정벌레가 공격했다.

세 방향에서 동시에 날아드는 공격.

뒤쪽이야 시드니우스에게 맡긴다 치고, 다른 두 군데는 내가 처리해야 한다.

"어디, 해볼까!"

지금 가장 중요한 건 등에 있는 열매다.

아무리 마수를 쓰러트릴 수 있다고 해도 열매가 망가진다면 거기서 끝이다.

그래서 이 마수들이 있다고 들었을 때부터 대책을 세워두었다.

위쪽, 왼쪽에서 날아온 투구벌레를 향해 먼저 단검을 들이댔다.

"……이번에는 열매만 조심하면 굳이 쓰러트릴 필요는 없지."

나는 위에서 온 투구벌레의 뿔에 단검이 닿은 순간 손목을 돌렸다.

그리고 날아갈 방향을 유도하듯이 왼쪽으로 몸을 돌렸다.

"그쪽으로 날아간다."

"……?!"

그러자 위쪽에 있던 투구벌레가 단검에 이끌리듯 위에서 왼쪽으로 미끄러졌다.

갑자기 방향이 달라져 놀랐는지 투구벌레는 급히 움직임을 멈추려 했으나.

"——!"

그대로 왼쪽에서 날아온 녀석과 부딪혀서 아래로 떨어졌다.

성공했군.

나는 그 움직임을 이어갔다.

곧이어 위쪽과 아래쪽에서 다시 공격이 날아들었다.

하지만 어차피 노리는 곳은 내 등에 있는 상자다.

나는 상자만 조심하면 될 뿐, 녀석들이 어디로 올지는 쉽게 알 수 있다.

받아넘기는 순간 힘에 조절만 제대로 한다면 문제는 없다.

……이 단검도 튼튼하고.

베기 쉬운 곳으로 날아드는 녀석을 향에 날을 세우고 있으면 그대로 찢어버릴 만큼 예리하다.

좋은 무기군.

물건에 충격을 주지 않기 위해 가능한 팔만 써서 대응해야 하지만 그걸로 충분하다.

……요컨대, 공격이든 방어든 회피든 등 물건만 무사하면 무엇을 해도 괜찮으니까.

충격의 한계는 출발 전에 이미 망가진 열매로 충분히 확인했다.

"그럼, 이대로 갈까."

그렇게 나는 딱정벌레들을 베면서 나아갔다.

"대충 쓸 줄 아는 정도라더니……."

시드니우스는 자신의 바로 뒤…… 아니, 이젠 옆에서 일어나는 광경에 경악하고 있었다.

단검에서 부딪칠 때 나는 쇳소리가 거의 들리지 않았다.

즉, 충격을 거의 완벽하게 처리하고 있다.

상자에 이르러서는 아예 마수들이 스치지도 못하고 있었다.

발밑도 좋다고 할 수는 없고 결코 움직임이 빠른 것도 아니다.

등에 진 상자가 흔들리지 않게끔 천천히 움직이고 있는데도 공격을 피하면서 벌레들을 쳐내고 있다.

무도의 연무를 보고 있는 것 같지만, 그 이상으로 움직임에 막힘이 없다.

멈추지 않는다.

"위쪽, 아래쪽 사각에서 덤벼드는 저 작은 게 보입니까……?"

"일단 움직이고 있으니까 대충 다 보이긴 하지. 그래도 전부 보이지는 않아."

게다가 이야기할 만큼 여유도 있다. 평범하게 대답까지 했다.

"이 녀석들은 크기가 작아서 전부 눈으로 보려면 힘들어. 그러니까 공기의 흐름을 보고 있다가 움직임이 느껴지면 거기에 단검을 갖다 대기만 하는 거지. 이 검 튼튼해서 좋네. 덕분에 편하게 하고 있어."

"과, 과연…… 이게 편하시군요…… 으음."

그의 움직임은 이미 묘기라고 부를 수준이었다. 그런데 이게 편하다니.

전직 용기사일지언정 지금은 운반꾼인 그가, 방금 그렇게 말했다.

이 사람은 대체…….

그때 문득 앞쪽에 검은 그림자가 보였다.

"앗! 앞에 벌레들이 뭉쳐오고 있습니다……!"

페네트레이트 비틀이 한 덩어리로 뭉쳐서 이쪽으로 돌진하려 하고 있었다.

공격해도 흘려버린다는 것을 이해한 모양이다.

저만큼 뭉쳐 돌격하면 상자에도 타격을 줄 수 있다고 생각한 건가!

저건 단검으로 막을 수 없어……!!

내가 들고 있는 검이라면 방어는 할 수 있겠지만 충격을 버틸 수 있을지 어떨지는 다른 문제다.

야단났군.

어떻게든 방법을 찾아야 한다!

식은땀이 줄줄 흘렀다. 그러나.

"뭘, 괜찮아."

그는 별거 아니라는 듯, 당황하지 않고 앞으로 나아갔다.

"아…… 아니……!?"

내가 이해하지 못한 사이에, 덩어리가 된 페네트레이트 비틀이 돌격했다.

투구벌레들이 한 덩이가 되어 날아왔다.

"저런 거는 이렇게――."

그렇게 말하고 단검을 손에서 놓은 그는 허리춤에 있던 운송주머니를 집어 들었다.

――홱!

그리고는 힘껏 운송주머니를 벌려 천천히 앞을 휩쓸었다.

그것만으로 공격했던 딱정벌레들이 흔적도 없이 그곳에서 사라졌다.

"우, 운송주머니로 잡은 겁니까……?!"

그렇게 빠르게 다가오는 마수들을 느긋한 동작으로.

그러자 그가 고개를 끄덕였다.

"뭉쳐서 오면 깡그리 잡아버리면 그만이지. 어차피 작고 빠르다는 점이 성가신 거였으니."

그리고는 이어서 쓴웃음을 지었다.

"뭐, 꺼낼 때가 문제지만. 아무 데나 풀 수도 없고, 나중에 한 마리씩 꺼내서 죽이는 수밖에."

그 말에 나는 퍼뜩 정신이 들었다.

"아, 아…… 그렇군요. 그때는 기사단에 맡겨 주십시오. 전투라면 저희도 대응할 수 있습니다."

"그래? 그럼 퇴치는 맡길게."

그가 끄덕이며 말했다.

엄청난 걸 했는데도 태연한 모습.

나는 몸속에서부터 무언가가 복받치는 것을 느꼈다.

"그랑아블류는 악셀 씨의 움직임을 참고한 무술입니다. 역시 그게 정답이었군요……."

"응? 그랬어?"

"전쟁 때, 이미 용기사였던 당신의 동작을 몇 번이고 봤습니다만 이렇게 가까이서 본 건 처음이라 흥분되는군요."

마왕 대전 시절에 하늘에서 벌어지던 전투 속, 하늘을 수놓는 움직임을 수없이 보고 효율적인 움직임으로 흉내 내서 도입했다.

그 덕에 대대로 이어진 유파가 더 실전적으로 변했다고 사부가 보증해줬을 정도다.

"다소 느닷없긴 합니다만, 정말 감사합니다."

그러자 그는 뺨을 긁으며 쓴웃음을 지었다.

"그, 그래. 도움이 되어서 다행이야…… 자, 도착."

"아…… 정말이네요."

아무래도 이야기하는 사이에 방으로 돌아온 것 같다.

그는 주변이 안전한지 확인한 후 악셀이 상자를 열어 내용물을 확인했다.

둘이서 상자 안을 살펴보니.

"오오, 이것은……!"

"성공한 모양이군."

상처 하나 없는 열매가 몇 개나 들어있었다.

채취해 온 열매 전부 상처가 없었다.

"훌륭합니다!"

"하하, 자, 어서 연구소에 가져다주자고."

그렇게 시드니우스는 악셀과 지금까지 자신도 가져오지 못했던 성과물과 함께 마법 과학 길드로 향했다.

"오오오오…… 신수의 온전한 열매……!"

마법 과학 길드 연구소의 로비 접수대.

거기서 기다리고 있던 모카에게 상자, 아니, 온전한 열매를 전하자 그녀가 무심코 소리쳤다.

"몹시 향기로운 향기야. 따기 전에는 느낄 수 없었는데……. 이거라면 성분도 확실하겠어. 이걸 만약 무사히 뽑아낼 수 있다면……."

얼굴에 홍조를 띠고 있는 것이 나와 만난 이래 제일 흥분한 상태인 것 같았다.

137

그녀뿐만 아니라 점수대 주위에서 보고 있던 연구자들이 굉장히 어수선한 상태였다.

"그 벌레들을 무사히 뚫고 온 사람이 있다니……!"

"그놈들에게 병원행을 당한 게 몇 명이었던가……! 굉장하네, 저 운반꾼!"

아무래도 신수의 열매에 도전했다가 벌레에 다친 사람이 꽤 많은 모양이다.

그렇게 보면 이 신수의 과일을 무사히 가져온 건 꽤 보람 있는 일이었다.

"──그렇고말고!"

아까부터 중얼거리던 모카가 갑자기 큰 소리로 말했다.

"──이것만 있으면 중단했던 실험들을 다시 할 수 있어! 신수에서 추출한 것을 합쳐서 독 표본이랑 실험해서, 음, 그래, 정말 할 수 있는 게 너무 많아! 최고라고! 고마워! 그란츠 씨! 이제 다시 연구할 수 있어!"

"오, 그건 희소식이군."

모카는 내 양손을 꽉 잡으면서 말했다.

눈이 파르르 떨리는 게 조금 위험한 사람처럼 보였지만 뭐, 흥분했을 뿐이니까 모른척하자.

"시드니우스 씨! 잠시 생각을 정리할 테니 회의는 잠깐 기다려 줘! 그래, 먼저 가서 준비하고 있으면 되겠네! 악셀 씨는 잠깐 거기서 쉬고 있어! 답례해야 하니까! 아니 우선 사례금이 먼

저겠지!"

그리고 모카는 흥분한 채로 테이블 안쪽에서 무엇인가를 여러 장의 종이에 쓰기 시작했다.

"길드 마스터는 흥분하면 곧잘 저렇게 돼 버리곤 해서…… 죄송합니다."

"아니, 괜찮아."

마왕 대전 때, 왕도에서 만난 연구자들도 저런 사람이 있었고, 아니, 거의 저런 사람들뿐이었다.

"물론, 저도 답례하고 싶습니다. 나중에 잠시 시간을 내주실 수 있습니까?"

"물론이지."

"다행이군요. 그럼, 저는 회의를 준비하러 먼저 가겠습니다."

그렇게 말하고 시드니우스는 접수 로비 안쪽으로 사라졌다.

그럼, 나도 사례금을 받고 나무 밑으로 돌아가야겠다.

그때였다.

"이야~ 이야기는 들었어, 친구──! 신수 열매를 온전히 가져왔다면서?!"

연구소 안쪽에서 데이지가 달려와서 나에게 뛰어들었다.

"데이지? 너도 올라왔었구나."

아침부터 할 일이 있다면서 연구소에 틀어박혀 있었는데.

"응, 실험 결과를 기다리는 중이라 지금까지의 진행 상황을 보고하려고. 이 정도는 나라도 올라올 수 있고. ──아니, 그게 중

요한 게 아니지. 친구, 굉장하네! 마법 과학 길드의 골치를 썩이
던 소재 문제를 단번에 해결해 버리다니."

"응? 신수 열매가? 그게 그렇게 큰 고민거리였어?"

"물론이지! 약을 만들 때는 성분의 양이 중요하니까. 상처가 나
면 성분이 줄어드는 것만으로 말도 안 되게 성가신데, 그 소재가
필요한 상황이었으니까. 그러니까 친구는 정말 큰일을 한 거야."

그랬던가. 이야기가 나온 김에 해보자 하고 간 거였으니까 그
런 사정은 모르고 있었다.

"그렇다면 뭐 다행이고."

"친구는 여전하네…… 아니, 그래서 더 좋지만……. 어, 친구?"

이야기하던 도중에 갑자기 데이지가 귀에 대고 작게 말했다.

"응?"

"또 뭔가가 빛나고 있는데? 주머니에서."

"아…… 진짜다."

바로 얼마 전에 봤던 희미한 빛이 또다시 내 주머니에서 새어
나오고 있었다.

나는 주변을 확인한 뒤 로비 가장자리에 있는 의자로 가서 빛
이 나는 스킬표를 펼쳤다. 그러자 희미한 빛이 문자로 변했다.

【중요 물품 규정 운송 돌파 조건 달성 ──《운반꾼》레벨업!】
【스킬 획득 운송주머니 단계 EX2 용량 200% 확장!】

스킬표에는 그렇게 쓰여 있었다.

"친구, 정말 레벨업 속도가 빠르네……!"

"뭐, 새로운 장소에서 새로운 일을 하면 마구 오르는 것 같아. ……음, 아직 더 남았나."

아직 빛이 잦아들지 않았기에 계속 스킬표를 보고 있자니 또 다른 글자가 나타나기 시작했다.

【규정 이상으로 확장되어 과거운송 가능 용량이 세 개로 증가】

"오―, 그렇군. 마리온이 용량에 따라 과거를 옮길 수 있는 양이 증가한다고 말했는데 이거였구나."

예전에 들은 설명대로 스킬이 성장한 것 같다. 잘됐군.

"과거운송? 친구의 스킬이야? 그 스킬이 강해졌다고?"

데이지가 나에게 그렇게 물었다.

"그래, 정말 유용한 스킬이야. 그 개수가 3개로 늘어났으니 할 수 있는 것도 늘어났군."

"그렇구나……! 굉장하네, 친구……!"

데이지는 자기 일인 것처럼 기뻐하는 듯하다.

내 일에 기뻐하는 모습을 보니 나도 고마웠다.

나는 아련한 성취감과 세 개로 늘어난 과거운송으로 무엇이 가능할지를 생각하면서 두근거리는 채로 데이지를 쓰다듬으면서 마법 과학 길드에서 시간을 보냈다.

그날 밤, 마법 과학 길드 연구소.

그곳에서 모카는 길드 멤버가 작게 웅성거리면서 지켜보는 와중에 실험을 시작하려는 참이었다.

눈앞에는 마법으로 밀폐된 투명한 상자가 있었다.

그 상자 안에는 몇 분 전에 신수에서 채취한 독이 붙은 껍질을 두었다.

검보라색 무언가가 신수의 갈색 껍데기 위에서 꿈틀거리고 있다.

거의 생물이라 해도 이상할 것 없을 정도로 꿈틀거리는 독이다.

최근 계속 얼굴을 맞대고 있는 녀석이다.

"자, 그럼, 오늘도 시작해볼까요."

그 말이 떨어지자마자 주위에 있던 길드원들이 조용해졌다.

기재 소리만이 울리는 연구소에서 모카는 그 투명한 상자의 윗부분을 조금 열고 손에 들고 있던 주사기를 갖다 댔다.

주사기 실린더 안에는 황록색 액체가 들었다.

방금 만든 약품이다.

신수 상층에서 추출한 것에 독 일부와 악셀이 가져다준 완전한 열매에서 뽑아낸 성분을 배합해서 만들었다.

지금까지 이렇게 해독약을 시작(試作)해서 몇 번이고 시험했다.

그리고 이때까지 한 번도 이 독이 사라진 적이 없었다.

우리의 능력으로는 독의 움직임이 한순간 멈출 정도의 성과밖에 낼 수 없었다. 데이지가 오고 나서, 열매를 약품 재료로 쓰고 나서 움직임을 멈추는 시간이 눈에 띄게 늘어났다.

지금까지는 그 정도였지만 이번에는,

……우리가 세운 가설을 모두 쓴 데다 소재도 완벽한 것을 사용했다는 좋은 조건…….

우리가 신수를 고치려고 지금까지 연구한 것을 전부 사용해서 만들어 낸 약품을 쓰는 것이다.

그 기대치는 상당했다.

그렇기에 길드원들도 조용히 지켜보고 있다.

그것을 이해한 데다,

"시작한다."

모카는 천천히 주사기 안에 든 액체를 한 방울씩 떨어트렸다.

황록색 액체는 떨어지자마자 바고 나무껍질에 스며들었다.

"어떠냐……."

"어떻게 될까……."

길드원들이 기대감에 웅성거리기 시작했다.

그리고 그들과 모카가 나무껍질을 몇 초간 쳐다보는데 변화가 나타났다.

"……이, 이건……!!"

보라색과 검은색이 섞인 꿈틀거림이 멈췄다.

더욱이 색이 희미해지고 있다.

그뿐 아니라 독의 크기가 점점 작아졌다.

독이 사라지고 있었다.

한번 작아진 뒤 다시 커지는 일은 없었다.

눈 깜짝할 새 콩알만큼 작아졌다.

그것을 본 사람들이 숨을 삼켰다.

"대단한, 효과가 있었어! 이 약은 지금까지 만든 어떤 해독제보다 효과가 좋습니다!"

그런 모카의 말을 듣고 '오오……!' 하는 소리가 커졌다.

"완전히 해독하는 것도 멀지 않았어!"

"하늘 나는 운반꾼 덕분이야……!!"

연구소 내부에 활기찬 목소리가 퍼졌다.

그렇지만, 아직 모카가 생각하기에 기뻐하긴 일렀다.

우리는 아직 신수를 회복시킨 것도 아니고 독을 완벽하게 해독한 것도 아니다.

"한 걸음, 한 걸음 나아간다면 이 독은 고칠 수 있을 거야. 그러니 이대로 나아갑시다!"

"오오……!"

연구원들이 강한 눈빛으로 바라보면서 대답했다.

정체됐던 해독제 개발은 이렇게 악셀의 조력을 받아 큰 폭으로 진전됐다.

그리고 사기가 높아진 모카와 마법 과학 길드의 밤을 새우는 노력으로 개발 속도가 빨라졌다.

최강 직업(용기사)에서 초급 직업(운반꾼)이 되었는데,
어째서인지 용사들이
의지합니다

제5장 ◆ 독을 이끄는 자

이틀 후 아침.

마법 과학 길드 어느 방에서 모카는 시드니우스와 몇 번이나 했던 회담을 하고 있었다.

"해독 방법을 찾아냈다는 게 사실입니까?"

"응. 해독제를 만들기'는' 했어."

모카의 말을 듣고 테이블 반대편에 앉아 있던 시드니우스의 눈빛이 바뀌었다.

"괴, 굉장하네요! 빨리 그 약으로 신수를 회복시킵시다!"

시드니우스는 흥분한 것 같았다.

오랫동안 골치를 썩인 문제가 해결됐다고 했으니 어떤 심정인지는 이해했다.

하지만 모카는 도저히 기뻐할 수 없었다.

"그런데, 문제가 있어서 말이지."

그 실험 이후, 해독제는 머지않아 완성할 수 있었다.

데이지를 나무 위로 부른 뒤 하루 만에 해독제 제조에 성공한 것이다.

가설 대부분이 거의 완성 상태였기 때문에 만드는 방법만 조정하면 곧바로 만들어 낼 수 있었다.

그때만 해도 마법 과학 길드원들은 희망을 품고 있었다.

그 직후 절망에 떨어졌지만.

"그 보고서를 읽으면 이해가 될 거야. ……코스모스 씨랑 같이 만들었으니까 나도 보고서와 같은 견해야."

모카는 그렇게 말하고 테이블에 올려둔 종이 다발을 가리켰다.

시드니우스는 고개를 갸웃거리면서 보고서를 읽었다.

"……과연 그렇군요."

시드니우스는 막연히 위를 보며 깊게 숨을 내쉬었다.

"이건…… 큰 문제네요."

그가 봐도 알 정도로 심각한 문제가 남아 있었다.

"그렇지? 물리적으로 이런 문제가 일어날 줄은 몰랐어."

"그러게 말입니다. 이건 확실히—— 음?!"

거기까지 말하고 시드니우스의 시선이 보고서 하단에 쏠렸다.

"——마지막에 악셀에게 이야기하면『성공 가능성 있음』이라고 적혀 있는데…… 이건 데이지 님의 말씀입니까?"

"응, 맞아. 그렇지만 나도 그란츠 씨에게 말해야 한다는 생각에는 동감이야."

이 문제를 해결할 만한 사람은 악셀이나 용사들 같은 영웅들밖에 없다.

내 말에 시드니우스도 고개를 끄덕였다.

"저도 같은 생각입니다. 그들에게조차 어려울지도 모르겠습니다만, 여기까지 왔으니 신수를 고치는 데에 마지막 한 걸음이 남았으니 뭐든지 시도해봐야죠.”

“그렇지. 다만, 우리도 앉아서 도움만 받고 있을 수는 없으니까, 할 수 있는 건 해야겠지. 오늘 오후에 회의를 열어서 그란츠 씨 일행들에게 이야기하려고 해, 코스모스 씨가 그란츠 씨를 회의에 데려온다고 했고.”

“그렇겠군요. 회의에는 제 쪽에서도 참가해 달라고 말씀드리겠습니다. ……이제 한 걸음 남은 것도 사실이고 노력합시다, 모카 씨.”

“그래. 정말 마지막 한 걸음이니 힘내자.”

그날 오후.

시드니우스와 데이지가 나무 위에서 할 이야기가 있다는 말을 듣고 사키와 바젤리아와 함께 마법 과학 길드의 어느 방에 들어갔다.

원탁이 놓인 넓은 방이었다. 거기에는 지금 모카와 시드니우스뿐만 아니라 길드원 몇 명과 기사단원 몇 명도 있었다.

그중에서 모카가 제일 먼저 가볍게 인사했다.

“길드와 기사단의 회의에 와 줘서 고마워, 그란츠 씨, 리즈누아르 씨, 하이드란티아 씨.”

“아, 뭐 오는 건 상관없는데…… 무슨 문제라도 있어?”

이 방에 들어오자마자 시드니우스와 모카가 심각한 표정을 짓고 있는 것이 보였다.

여기에 있는 기사단원이나 길드원들도 마찬가지였다.

……뭔가 좋지 않은 일이 생긴 모양이다.

그 와중에 데이지만은 태연한 표정이었다.

먼저 데이지가 입을 열었다.

"어제, 신수에 효과가 있는 해독약을 만들었는데, 좀 귀찮은 사태가 벌어져서 말이야, 친구."

"귀찮은 일이라니?"

내 물음에 데이지는 물론이고 이 자리에 있던 모든 사람이 고개를 끄덕였다.

그리고, 그 흐름대로,

"우선 이걸 봐 줘."

모카는 내 앞에 투명한 상자를 놓았다.

안에는 초록색 액체가 들어있는 권총형 주사기가 들어있었다.

"이게, 우리가 연구한 끝에 만들어 낸 해독약이야. 이것을 신수에 넣으면 독을 없애버릴 수 있어."

"오오, 굉장하네."

"맞아, 악셀 씨 덕분에 굉장한 약을 만들 수 있었어. ……사용할 수 있을지 어떨지는 모르겠지만."

"……무슨 말이야?"

"우선 처음부터 설명해줄게."

무슨 말인지 이해가 안 된다고 말했더니 모카가 또 다른 투명한 상자를 꺼냈다.

　검은색과 보라색이 달라붙어 있는 나무껍질처럼 생긴 것이 들어있다.

　"이게. 지금 신수를 죽이고 있는 독인데, 완전한 해독약을 만들려면 이 독에서 성분을 추출해서 약에 넣을 필요가 있어. 그런데 이 독이 매우 성가신 특성이 있더라고. ……자율적으로 변성을 반복한다는 성질이야."

　"변성…… 이라면 성분이 바뀌는 그 변성? 바이러스 계열 슬라임 같군."

　"그래. 그러니까 해독약을 넣기 전에 성질이 바뀌면 그 해독약은 제 몫을 다 하지 못해. 그리고 완전히 제거하지 못할 경우에는 다시 증식해서 신수를 공격하겠지."

　그렇게 말한 뒤, 모카는 독이 들어간 나무껍질을 가리켰다.

　"이 독은 3분마다 성질이 바뀌어. 즉 3분이 지나면 약이 쓸모없어지는 거야."

　"사, 삼 분이라니…… 약을 만들 시간이 돼?"

　바젤리아가 그렇게 물었다. 그 마음도 이해한다. 성분을 추출한다느니 어쩌느니, 이야기만 들으면 꽤 시간이 걸릴 것처럼 말하니까. 그 물음에 대답한 건 데이지였다.

　"그건 내가 어떻게든 처리했어!"

　데이지는 내 쪽으로 아장아장 다가오면서 말했다.

"맞아, 덕분에 처음에 약을 만들 때는 15분이 걸렸는데…… 코스모스 씨가 도와줘서 철저하게 효율적으로 만들고 기재를 개조한 덕분에 이제는 1분이면 만들 수 있게 됐어."

"오오, 굉장하네, 데이지."

내가 모르는 사이 그런 활약을 하는 줄은 몰랐다. 그래서 데이지를 쓰다듬었다.

"에헤헤. 아니, 이런 포상을 기대하면 나는 뭐든지 할 수 있어."

기쁜 듯한 표정으로 그렇게 말했다. 쓰다듬는 것만으로 문제를 해결할 수 있다면야 얼마든지 어루만져 주지. 그렇지만 쓰다듬는 게 상이 될 만한가, 라는 의문은 남지만.

그렇게 생각하면서 계속 쓰다듬고 있자 모카가 쓴웃음을 지으면서 데이지를 바라봤다.

"정말, 그래. 코스모스 씨는 대단해. 같은 연구원으로서 보고 배울 점이 너무 많아서 많이 배웠어."

"아니, 아니, 약의 설계도만 있으면 시간을 단축하는 건 쉽지. 처음부터 만드는 게 아니라 개량할 점만 찾으면 되니까."

"연구원으로서는 그게 굉장하다고 생각하는데……. 뭐, 여하튼 그래서 시간은 단축됐어. 약을 만드는 시간은 해결했지만, 문제가 있어."

"또 문제가 있다고."

"오히려 여기서부터가 중요해."

그렇게 말하고 창밖을 바라봤다.

창밖에는 좋은 경치가 펼쳐져 있었다.

"신수는 보는 대로 거대하니까 어디 한 곳에 해독제를 쓴들 나무 전체로 퍼지진 않아. 그래서 고속으로 침투하는 약을 만들어서 시험해봤는데, 그래도 신수 정상에 한 군데, 뿌리 쪽에 두 군데, 합쳐서 세 군데는 써야 해."

그 말에 데이지도 고개를 끄덕였다.

"그래. 세 군데나 넣어야 하니까 시간이 아슬아슬해도 해독할수 있지. 그건 확실히 계산됐어."

"세 군데라……. 제시간에 맞출 수 있을까?"

독이 변성하자마자 시작해서 해독제 하나에 1분

다시 하나 더 만들면 1분 그리고 한 번 더 만들면 3분이 지나가버린다.

"응, 여기서부터는 내가 노력해도, 마법 과학 길드원들이 노력해도 약을 만드는 속도를 더 빠르게 할 수는 없었어."

그렇게 말하고 나서 다만, 하고 말을 덧붙였다.

"그 대신에 약을 만드는 기계를 하나 더 늘렸어."

"응?"

말을 이은 건 데이지가 아니라 모카였다.

"코스모스 씨가 하층에 있던 연구소를 분해해서 그걸 재료로상층에 있는 약을 만드는 기계와 완전히 똑같은 것을 재구축해서만들어 준 덕분에 약을 한꺼번에 두 개 만들 수 있게 됐어."

"아래쪽에서 채취하는 소재로는 약을 만들 수가 없으니까, 이렇게라도 다시 쓸 수 있어서 다행이야."

"응? 아래쪽 소재로는 만들 수 없었구나."

"나오는 소재도, 추출할 수 있는 물질도 다르니까. 위쪽 소재를 아래로 가져가면 신선도도 떨어지고 약의 성분도 바뀌니까 위쪽에서 만들 수밖에 없지."

그래서 아래쪽에 있던 연구소를 분해해서 만들어버렸어, 하고 데이지는 뺨을 긁으면서 말했다.

"하지만 그래도 재료가 모자라서 기계는 하나밖에 만들 수 없었어. 즉 해독제는 한 번에 두 개까지밖에 못 만들어."

"맞아. 그래도 코스모스 씨가 도와줘서 살았어. 코스모스 씨 덕분에 한 번에 약을 두 개 만들 수 있게 됐으니까. 하지만 그래도 문제야. 그 약을 시간 안에 어떻게 신수에 넣어야 할지, 방법이 나오질 않으니까."

모카의 말을 들으면서 시드니우스는 이른 아침에 본 자료와 자신이 알고 있는 도시의 형태를 떠올렸다.

그리고, 그런 다음에 말했다.

"상층부의 투약 포인트는 기사단원이 달려가도 5분은 걸립니다. 가지 끝부분이라 조심하지 않으면 꺾일 위험이 있습니다. 또 하층의 투약 포인트는 도시의 경계를 둘러싸고 있는 뿌리 부분입니다. 신수 양 끝에 있습니다만…… 어느 쪽이든 기사단원은 한 시간이 걸립니다."

"우리 길드 상급 직업 사람들도 내려가는 데 그 정도 시간이 걸렸어. 시드니우스 씨도 시험해봤는데⋯⋯."

"내려가는 데만 12분⋯⋯ 아니, 노력해도 8분은 걸립니다."

그렇다.

여러 사람이 이른 아침부터 실험하려고 신수를 오르내렸다.

하지만 아무리 해도 3분이라는 시간제한은 지킬 수 없었다.

"약을 위에서 던져서 떨어뜨리는 것도 생각해봤습니다만, 그만큼 튼튼한 용기는 없으니까요."

"그렇지. 특히 열매 성분이 들어가 있으니까 마법으로 된 방호 봉투에 넣으면 품질이 변해서 사용할 수 없게 돼버려. 정말이지, 약으로 만들어도 불안한 성분은 처음이야."

시험할 수 있는 것은 대부분 실험했다.

결국, 약을 완전한 상태로 옮기려면 사람이 직접 옮기는 수밖에 없는데, 시간이 턱없이 모자라다.

그것이 해독에 가장 큰 걸림돌이었다.

"그래서⋯⋯ 우리한테 말하는 거구나."

"네, 이 신수를 가볍게 올라올 수 있는 악셀 씨라면 가능할지도 모른다고 생각했습니다. 뭔가 묘안은 없으십니까. 예를 들면 이 나무를 3분 안에 오르내린다든가⋯⋯."

"그 정도는 스킬을 몇 개 사용하면 불가능하진 않아."

"정말입니까?!"

"다만, 신수가 약해진 상태라서 위험할지도 모르겠어. 밟아서 부서진다던가 꺾일지도 모르니까 추천은 못 하겠는데."

악셀은 생각을 그대로 천천히 입에 담았다.

"그렇습니까……."

밑져야 본전 수준인 제안에 할 수 없진 않다는 대답이 돌아온 것도 놀랄 일이었지만.

그러나 실질적으로 불가능하다면 의미가 없다.

어떡하면 좋을까, 무슨 방법이 없을까. 그렇게 생각한 순간.

"아, 그래도 묘안이라고 할까, 2, 3분 안에 내려가는 건 내가 아니라도 괜찮겠지. 나 말고도 갈 수 있는 녀석은 있고."

그 말에 시드니우스는 눈을 크게 떴다.

"네? 그런 사람이 어디에……."

"아니, 거기 있잖아. 맞지? 사키. 바젤리아."

악셀의 말을 들은 그녀들은 서로 얼굴을 마주 보더니 같이 고개를 끄덕였다.

"뭐, 올라가는 건 힘들겠지만, 내려가는 건 2분도 걸리지 않고 갈 수 있죠."

"나도—. 굳이 용으로 변하지 않아도 그 정도라면 갈 수 있어. 주인처럼 잘 내려갈 순 없겠지만."

그 말을 듣고서야 떠올렸다.

그녀들도 용사와 그에 필적하는 영웅이라는 것을.

"이렇게 나 말고도 내려갈 수 있는 사람이 있다는 거지."

내 말에 모카와 시드니우스가 눈을 크게 뜨고 고개를 끄덕였다.

이 두 명의 실력은 몰랐을 테니 그럴 법도 하지만.

뭐, 일단은 아래로 빨리 내려갈 수 있는 인원은 확보된 셈이다. 그러자.

"아, 그런데 친구. 보험 삼아 둘 중 한 명이 아래 투약지점에서 기다리고 있다가 만일의 경우에는 받아주는 게 좋을지도 모르겠어. 친구만큼 옮기는 게 익숙하지 않을 테니까 떨어트리기라도 하면 큰일이잖아."

데이지가 그렇게 말했다.

"……으음, 만약을 생각하면 그렇게 하는 게 낫겠네."

두 사람 다 충분히 내려갈 수 있겠지만, 무슨 일이 생길지도 모르니까 준비해 두는 게 좋을 것이다.

그렇게 중얼거렸더니.

"……음, 그럼 내가 악셀이랑 같이 하늘에서 밑으로 나를까요."

"아니, 그건 내가 할 일이겠지. 리즈누아르."

"…………."

"…………."

평소대로 서로 노려보기 시작했다.

다만. 지금은 상황이 상황인지라 분위기를 신경 썼는지 곧바로 둘 다 고개를 끄덕였다.

"알겠습니다. 공평하게 정하도록 하죠. 악셀, 잠시 저쪽으로 가서 이야기를 나누고 오겠습니다."

"그래. 확실히 이야기해서 정할 테니까……!"

그리고는 둘이서 회의실 가장자리로 갔다.

"……처음 만든 약을 저 둘에게 건네주면 어떻게든 될 거야. 그리고 나머지 하나를 내가 정상에 가져갈게."

"그, 그럼 남은 하나는……? 두 번째 약이 나왔을 때는 시간이 1분밖에 없어. 게다가 악셀 씨는 위에 있는 포인트에 갈 거잖아?"

"마지막 하나도 내가 하면 돼. 가는 길은 외웠거든."

"저, 정말로?!"

"여기서 내가 거짓말을 왜 하겠어……. 뭐, 1분이면 어떻게든 될 것 같은데."

1분이면 비교적 안전하게, 신수에 충격을 주지 않고 내려갈 수 있다.

"아, 만약을 위해서——도 필요 없겠지만 친구가 내려갈 때는 나도 도와줄게."

데이지가 내 어깨 위에 올라타면서 그 자리에 있던 모든 사람에게 말했다.

"나 혼자서 시간 내에 내려가기는 어렵겠지만 친구랑 같이 내려가면 마법으로 도와주거나 투약 포인트까지 안내도 실시간으로 할 수 있을 테니까."

"오오, 고마워. ……그래서, 그렇게 진행하면 될 것 같아. 모카 씨."

"그래, 그럼……. 그란츠 씨, 부탁할게. 시간이 **빡빡**해서 미안하지만, 신수의 상태를 생각하면 가능하면 이 한 번으로 끝내고 싶어."

모카에게 시간이란 단어를 듣고 나는 마리온이 가르쳐 준 것을 떠올렸다.

『그런 물건을 운반할 때가 반드시 올 텐데, 대부분이 난도 높은 의뢰니까, 그때는 힘내.』

……지금이 그때겠지.

운반꾼이라는 직업을 가지고 있으므로 의뢰해 준 것이다.

이것도 처음 해 보는 일이지만.

"신수를 회복하지 않으면 이 도시의 산업 기반은 물론이고 마수에게 대항할 가호까지 잃겠지. 그렇지 않더라도 이 신수가 넘어지면 이 도시는 그대로 날아가 버릴 거야. 서두르지 않을 수가 없어……. 그런 중요한 역할을 억지로 떠맡기는 것 같아서 미안한데. 악셀 씨, 당신을 믿어도 될까?"

필사적인 표정으로 진지하게 한 의뢰에 나는 목을 크게 세로로 흔들었다.

일을 받을 때는 기본이지만, 자신 있게 고개를 끄덕였다.

"그래, 해 볼게, 모카 씨."

그때, 별의 도시에서 배운 것을 확실하게 살릴 수 있도록 노력해야겠다. 그것이 나를 가르쳐 준 사람에 대한 은혜를 갚는 길이니까.

그렇게 생각하면서 나는 이번 중요 의뢰를 받아들였다.

해독약 투여 계획을 시작 직전.

나는 사키, 데이지와 함께 마법 과학 길드 연구소 안에서 작전을 준비하고 있었다.

그리고.

"독 변성 예비작동 확인! 약품 제작, 30초 후에 시작할게!"

연구소 중심에 있는 통처럼 생긴 장치를 들여다보고 있던 모카가 목소리를 높였다.

통 안에는 렌즈가 있어서 독의 상태를 하나하나 상세하게 확인할 수 있는 것 같았다.

그녀의 목소리가 높아짐과 동시에 연구소 안에 긴장이 흘렀다.

여기부터가 대단원이라는 각오와 기합이 직원들의 표정으로 전해졌다.

물론, 통을 들여다보면서 옆에 있는 해독약 생성기 스위치를 꽉 쥐고 있는 모카에게서도.

"그란츠 씨, 리즈누아르 씨. 작전은 기억하고 있지?"

"그래, 물론."

"네, 협의한 대로입니다, 소장."

먼저 독의 성질이 변한 직후에 곧바로 모카가 약을 만든다.

그 약을 권총형 주사기에 담은 뒤, 나와 사키가 그 약을 받아서 나는 정상에 있는 투약 포인트에, 사키는 바젤리아가 기다리고 있는 투약 포인트에 향하기로 했다.

투약 포인트는 기사단이 페인트로 칠했으니까 거기에 권총형 주사기의 방아쇠를 당긴다.

그대로 나는 다시 연구소로 돌아와서 아래쪽에 있는 투약 포인트로 간다.

그렇게 하기로 되어있다.

"응, 나도 노력해서 확실하게 약을 만들 테니…… 잘 부탁해."

그렇게 가볍게 대화하다 보니, 통을 들여다보던 모카의 초읽기가 시작됐다.

"5초 전…… 3, 2, 1──【조약(調藥) 마법 : 개량형 해독약】시작……!"

변이를 확인한 모카가 마법 스킬을 발동하고 동시에 해독약 생성기 스위치를 눌렀다.

순간, 생성기에 장착된 실린더가 움직이기 시작했다.

2개가 동시에.

이것이 해독약 제조의 시작이다.

지금 이 기재로 해독약을 만들 수 있는 것은 모카와 데이지뿐이었지.

약품은 기재가 있다고 정제할 수 있는 게 아니라 거기에 맞는 지식과 스킬도 필요하다고 한다.

실제로 눈앞에 있는 기재가 어떻게 움직이고 있는지 전혀 모르겠다.

"……만들어지고 있어, 2개! 확실히 움직이고 있어……!"

데이지는 알아챈 것 같다.

과연, 본직다운 모습이다.

……해독제를 넣을 주사기도 문외한도 쓸 수 있게끔 권총형 주사기를 사용했다.

참 꼼꼼한 배려다.

"완성까지 앞으로 10초!"

모카의 목소리가 다시 울렸다.

10초 뒤 모카가 생성기에서 권총형 주사기에 들어있는 초록색 약을 꺼냈다.

그리고──

"정상용, 하층용 하나씩 완성! 부탁할게, 리즈누아르 씨, 그란츠 씨!"

모카는 그런 말과 함께 나와 사키에게 약을 건넸다.

그 약을 받은 우리는 곧바로 동시에 연구소에서 달려 나왔다.

내 목표는 신수 위쪽, 통로 근처에 있는 투약 포인트.

예정대로 기사단에서 빨간 페인트로 칠해놓았기 때문에 여기서도 잘 보였다.

그리고 사키의 목표는 나와 반대쪽에 있는 신수 하층에 있는 투약 포인트다.

"그럼, 먼저 실례할게요, 악셀!"

"그래, 밑에서 기다리고 있어!"

그렇게 말하고 사키는 나와 반대 방향으로 신수 광장으로 달려갔다.

그것을 보고,

"리, 리즈누아르 씨? 내려가는 통로는 그쪽이 아니——."

정상에 배치된 기사 중 한 명이 놀란 목소리로 크게 말했다.

"상관없어요. 통로보다 밖으로 가는 게 빠르니까!"

사키는 거리낌 없이 계속 달려갔다.

그리고.

"【프리즈 · 아이스 슬라이드】"

"어어…… 어어어?!"

마법을 발동시키자마자 그대로 신수 정상에서 뛰어내렸다.

창고 구역 근처에 있는 투약 포인트.

기사단원과 함께 기다리고 있던 시드니우스의 눈에 사키가 보였다.

그것도 무려 신수 위에서 뛰어내리는 모습이.

용사는 공중에 얇은 얼음 발판으로 길을 만들어서 빙판을 미끄러지며 내려오고 있었다.

"?! 설마 마법으로 내려온다고……?!"

"뭐, 저게 리즈누아르의 특기니까."

시드니우스와 같이 사키를 기다리던 바젤리아가 대답했다.

그녀는 아무렇지도 않게 말했지만 이쪽은 제정신이 아니었다. 그도 그럴 것이.

"시, 신수 옆에서 마법을 쓰는 건 위험한데요……?!"

"아, 마법을 유지할 수가 없다고 했던가? 신수의 마력이 방해해서 말이야."

"네, 사키 님이 마력 흡수 마술을 사용하면서 마법을 사용할 수 있다면야 괜찮습니다만……."

두 개의 마법을 동시에 사용하는 것은 터무니없이 수준 높은 기술이다.

하물며 그런 묘기를 계속 유지할 수 있는 사람을 시드니우스는 본 적이 없었다.

실제로 신림 도시에는 그런 것을 할 수 있는 사람은 한 사람도 없었다. 그렇기에 주로 물리적인 수단으로 오르내렸다.

하지만 그런 생각에 반해 바젤리아는 고개를 갸웃거렸다.

"동시에? 그것도 못 할 건 없겠지만…… 리즈누아르는 좀 더 효율적으로 내려올걸?"

"……네? 무, 무슨 말씀이신지?"

"저거 봐봐."

바젤리아가 손으로 가리킨 곳.

사키가 만든 얼음 발판이 꾸물꾸물 녹아내리는 것이 보였다.

……여, 역시, 마법이 안정되지 않았다……!

평범하게 마법을 사용하면 저렇게 된다.

몇 초도 버티지 못하고 마법은 제 역할을 잊은 채 사라지고 만다.

그것은 마술의 용사라도 예외는 아니었다.

그러나.

"더 빨라지고 있어……?!"

마법의 효과를 잃어 부서져 가는 얼음 위에서 파도를 타듯.

얼음이 녹아 흐르는 물에 미끄러지며 내려오는 속도가 점점 빨라지고 있었다.

"설마 마법이 불안정한 것을 이용하는 겁니까?"

시드니우스의 말을 듣고 응── 하고 대답하면서 바젤리아는 고개를 끄덕였다.

"리즈누아르 칭찬을 하는 것 같아서 불쾌하지만, 마법 실력만큼은 의심할 데가 없어. 『불안정해서 못 쓰는 건 아니잖아요?』라든가, 『불안정하면 안정시키면 그만 아닌가요?』라든가 터무니없는 말을 태연히 하니까."

얼음길은 지금도 계속 붕괴하고 있다.

그리고 그 무너져가는 길 위를 마치 춤을 추듯 이리저리 돌면서 내려오고 있다.

"얼음길이 무너지고 있는 탓에 들쭉날쭉한데 그 위를 미끄러져 내려온다니요……."

"나는 가위바위보를 져서 밑에서 기다리고 있지만 뭐, 리즈누 아르라도 문제없어."

그러는 와중에도 사키는 빠른 속도로 이쪽을 향해 다가오고 있었다.

그리고 잠시 후.

"후, 도착. 기다리셨나요?"

눈앞까지 내려온 얼음길에 이어 사키가 도착했다.

"조금? 주인이라면 좀 더 빨리 왔을 텐데."

"그야 그렇겠죠. 그보다 우선 해독제부터. 여기가 정확하죠, 기사단장?"

"예, 부탁드립니다."

시드니우스가 투여 지점을 가리키자 사키는 권총형 주사기를 가져다 대고 방아쇠를 당겼다.

'푸슛' 소리와 함께 주사기 안에 있던 해독제가 신수 안으로 흘러 들어갔다.

"이걸로 여기는 끝. 그럼, 예정대로 저는 악셀의 낙하 예정 지점에 가겠습니다. 기사단장."

"잘 부탁드립니다."

"그럼, 이따 봐. 시드니우스 아저씨!"

이렇게 바젤리아와 사키는 신수 건너편까지 달리기 시작했다.

그것을 보고 옆에 있던 부하가 말했다.

"이것이 용사의 힘…… 굉장하네요, 단장님……."

"그러게. 악셀 씨도 그렇지만, 용사님도 상식을 초월했어. 그들이 운반꾼 팀으로 활동하는 게 알려지면 운반꾼이라는 직업의 개념이 바뀌겠지."

해독약의 유효 시간이 끝날 때까지 앞으로 1분 40초.

나는 신수 정상에서 마법 과학 길드로 돌아가고 있었다.

처음에 받아 온 해독제는 이미 예정 지점에 넣었다. 사키도 무사히 해냈을 테니, 이제 하나 남았다.

나는 약을 받고 바로 달려갈 수 있도록 돌아가면서 신발이나 장비를 점검했다.

운송주머니에는 언제나 가지고 다니는 검과 창만 남겨, 언제든지 『과거운송』을 쓸 수 있도록 해놨다.

시간제한 의뢰는 경험이 얼마 없으니까.

"왠지, 두근거리네."

"그래? 네 심장 박동은 아무런 변화가 없는데?"

"기분만은 두근거려."

아무리 용기사의 힘을 사용할 수 있다고 해도, 지금의 나는 용기사가 아니다.

긴장으로 몸이 굳으면 제 속도가 나질 않을 테니, 연구소에 돌아온 나는 다음 약이 완성될 때까지 심호흡으로 마음을 가다듬고 있었다.

　그때.

"──꺄아아아아!"

비명이 연구소 안쪽에서 들려왔다.
"마, 마수다!"
하는 외침과 함께.

마법 과학 길드는 순식간에 아비규환의 소용돌이에 휩싸였다.
"페네트레이트 비틀이다!! 조심해!"
연구소 바닥을 뚫고 몇 마리의 페네트레이트 비틀이 침입한 것이다.
"이럴 때 튀어나오다니……!!"
"열매만 건들지 않으면 얌전했는데, 이게 무슨 일이지……!"
붕붕, 하는 날갯소리를 울리면서 페네트레이트 비틀은 그대로 연구소 안을 날아다녔다.
재빠르고 일사불란하게 움직이며 단단한 뿔로 보이는 대로 꿰뚫으려 하고 있다.
"히이익……!"

당황과 두려움에 빠진 목소리가 연구소 안을 가득 채웠다.

그러나 모카는 냉정하게 지시를 내렸다.

"기재를 지켜!"

급하게 해독약 제작기기를 지키려고 몸을 폈지만

"젠장! 하나가 망가졌어!!"

한발 늦었는지 이미 실린더 하나가 깨져있었다.

제작 중이던 해독제가 쏟아지며 쓸 수 없게 됐다.

"큭…… 이럴 수가……!"

조금만 더하면 완성이었는데!

그러나 마수는 그걸로 만족하지 않았다.

"……!!"

곧이어 모카를 포함한 연구원들을 향해 돌진하기 시작했다.

마수의 돌진은 전투 스테이터스가 아닌 이상 회피는 불가능에 가깝다.

……이건, 못 피해……!

하고, 숨을 삼킨 순간.

"이번엔 잡아서 끝날 것 같진 않네."

질풍처럼 연구소로 뛰어 들어온 악셀이, 공중에 있던 모든 마수를 베어버렸다.

그것도 한순간에.

물론 검을 휘두르는 모습은 보이지 않았다.

그저 그가 검을 들고 있었고, 그 검에 딱정벌레의 파편 같은 것이 묻어있었을 뿐이었다.

그는 이쪽을 발견하자마자 달려와 손을 뻗었다.

"괜찮아, 모카 씨? 다른 사람들은?"

"아, 응. 난 괜찮아……!"

"다행이네. 그런데, 제조기가 망가졌나……."

그가 표정을 찌푸렸다.

기재 하나를 잃은 건 뼈아픈 일이긴 하지만 아직 끝난 건 아니다.

"괜찮아. 아직…… 데이지 씨가 만든 기재는 무사해! 그러니까, 그걸로 만들고 있어!"

연구실에는 아직 남은 기재가 약을 만들고 있었다.

페네트레이트 비틀이 연구소에 나타난 순간, 반사적으로 두 번째 제조기를 동시에 작동시켰기 때문이다.

만약의 사태를 대비해서 제조기에 재료를 넣어둔 것이 다행이었다.

"오, 긴급 대처가 훌륭하군."

"예비용으로 하나 더 만들어두려고 했으니까. 그렇지만 20초가량을 날렸어……!"

완성할 즈음에는 남은 약 40초 정도밖에 남지 않을 것이다.

할 수 있을까?

"──괜찮아. 그 정도면 문제없어. 모카 씨의 노력을 물거품으로 만들 수는 없지."

그는 그렇게 대답했다.

그것만으로 마음속에 안도감이 솟아올랐다.

"그래, 전력을 다해 해독약을 만들게……!"

그렇게 한다고 해도 약이 만들어지는 속도가 빨라지는 건 아니지만 긴장을 늦추지 않기 위해서 모카는 최선을 다해서 스킬을 사용했다.

"완성!"

예상했던 대로 40초쯤 남았을 때 약이 완성됐다.

그리고 제조기에서 꺼내 곧바로 악셀에게 건넸다.

"그란츠 씨! 부탁할게……!"

"맡겨둬!"

그렇게 말하면서 악셀은 약을 받아 길드 밖으로 튀어 나갔다.

그대로 광장을 엄청난 속도로 가로질러.

"──!"

한걸음 크게 내디딘 다음, 광장의 끝자락에서 지상을 향해 돌진하듯 박차고 날아갔다.

모카는 그 뒷모습을 바라보고 있었다.

믿음직스럽다고 생각하면서.

남은 시간은 수십 초.

이미 시간 여유가 얼마 없다.

시간 확인은 데이지에게 맡기고 나는 떨어지는 동안에도 더욱 가속했다.

"읏…… 으으윽……?!"

내려가는 속도만큼 강해진 바람의 압력에 가슴에 있던 데이지가 신음을 냈다.

"데이지, 괜찮아?"

"내, 내 걱정은 됐어. 친구는 앞을 봐……!"

"알겠어."

신수는 칼같이 수직이 아니다.

나무답게 뿌리부터 위로 올라갈수록 경사가 있고, 줄기에서 뻗어 나온 가지도 있다

그렇기에 생각 없이 내려가면 이상한 데서 부딪혀서 시간을 잃는다.

그래서 선택한 방법——.

"——!"

나는 다리에 나무껍질이 닿는 순간 다시 아래쪽으로 박차며 속도를 높였다.

가지처럼 시야나 앞을 방해하는 장애물이 없으며 방향 조정과 가속을 할 수 있는 지점.

그런 지점을 골라 자세를 조정하며 점점 지상을 향해 나아갔다.

그리고 머지않아.

"저기다, 친구!"

표식이 보이기 시작했다.

주택 사이에 난 골목길.

그 길바닥 위로 드러난 뿌리다.

기사단이 미리 포인트를 표시해 놓아 멀리서도 잘 보였다.

그리고 거리가 아직 상당하다는 것도.

"남은 시간은 18초!"

데이지가 남은 시간을 외쳤다.

이대로 바닥에 착지해서 달려도 시간에 맞을지 어떨지 애매하군. 그렇다면……!

"OK. 여기서부터 날아간다, 데이지! 충격에 대비해."

"……알았어!"

그 직후 나는 나무껍질을 힘껏 찼다.

하지만 이번에는 아래쪽이 아니다.

목표를 향해 대각선으로 나아갔다.

"──착지할 때의 충격은 나한테 맡겨!"

데이지가 가슴에서 한쪽 팔을 들어 올렸다. 그리고,

"【연성: 충격 흡수대】!"

스킬을 발동하는 소리가 들렸다.

직후, 내가 착지할 지면이 희미하게 빛나기 시작했다.

나는 그 빛을 향해 뛰어들었다.

날아오던 기세 그대로 양다리와 한 손을 땅에 대며 착지했다
그 순간.

푹!

하고 몸이 가라앉았다.
지면이 쿠션으로 변해 있었다.
아무리 익숙한 나라도 이런 속도로 단단한 지면에 착지했다간
다리가 저릴 터.
하지만 약을 지키려면 다리로 모든 충격을 견뎌야만 하는 상황.
만약 그렇게 되면 다시 움직일 때까지 약간의 지연이 생길 것
이다.
그러나 데이지 덕분에 그럴 걱정은 없었다.
쿠션같이 변한 땅이 충격을 흡수했기 때문이다.
덕분에 다리도 저리지 않았다.
착지에 대비해 적당히 속도를 조절한 나는 쿠션으로 변한 지면
에서 멈추지 않고 다시 움직였다.
"이걸로 투약…… 성공!"
"저스트 8초 전! 완벽해, 친구!"
연구소에서 조금 애먹었지만, 그래도 몇 초 여유까지 남기고.
──푸슉.
나는 지면에 튀어나와 있는 뿌리에 무사히 약을 넣었다.

"······자, 이걸로 일단 의뢰는 완료. 이제 이쪽으로 오기로 한 바젤리아와 사키를 기다리면서 약효가 나올 때까지 기다리기만 하면 되나. 변화가 있으면 창고 구역에 있는 시드니우스한테 가기로 했는데."

"맞아. 그런데, 친구. 딱히 기다릴 필요는 없을 것 같아."

데이지는 그렇게 말하면서 머리 위를 올려다봤다.

나도 그 행동에 이끌리듯이 위를 쳐다봤다.

그러자.

"······아, 정말이네."

뿌리에 넣은 약의 색을 빨아들인 것처럼.

예쁜 갈색 가지에서 초록색 잎을 펼치는 신수가 보였다.

노을빛이 나오기 시작했을 무렵.

"신수가 원래 색깔로 돌아가고 있어······."

신수 아래쪽에 있던 마법 과학 길드의 사람들과 신림 기사단의 틈에 섞여 창고 구역에 있던 시드니우스는, 녹색과 깨끗한 갈색을 되찾아 가는 신수를 올려다보면서 중얼거렸다.

"신수가 회복하고 있는 건가······!"

마술의 용사님이 반대편으로 떠난 뒤, 나도 계획대로 창고 구역의 전진 기지로 돌아왔다. 다만 여기에서는 신수 반대편이 전혀 보이지 않는다.

……전망대에서 온 소식으로는 악셀 씨도 성공했다는 모양인데.

신수는 이미 푸른 빛을 되찾고 있었다.

주위 사람들이 기쁨을 주체하지 못하고 환성을 지르기 시작했다.

하지만 아직 모른다.

정말 나은 건가……?

그것을 알아낼 때까지는 기뻐하기는 이르다.

그런 말을 중얼거리고 있자니.

"맞아."

그런 목소리가 옆에서 들렸다.

목소리가 들린 곳을 바라보니,

"모카 씨……? 어떻게……?"

분명 신수 위에 있었을 그녀가 있었다.

숨을 헐떡이면서.

어떻게 여기 있는 거지?

그런 의문을 알아챘는지 그녀는 땀을 닦고는 미소를 지으면서 말했다.

"그야 뻔하잖아. 신수의 회복을 확인하려고 내가 제일 먼저 내려온 거야. 신수 통로로."

"그런 무모한 일을……"

"물론, 만약을 대비한 장비도 들고 왔지. 결국 의미 없었지만. 통로는 완전히 회복됐어."

"오오……!!"

그녀의 말을 듣고, 기사단원들이나 마법 과학 길드원들의 표정이 대번에 밝아졌다.

"내가 여기까지 뛰어 내려올 수 있었던 게 그 증거야. 물론 기재로도 확인했고. 독은 전부 사라졌어!"

그리고 마지막 말을 들은 그제야 그 자리에서 폭발적인 환성이 울렸다.

"해, 해냈다!!!"

신수 회복 성공이다!!!

"만세……! 만세――!!"

사람들이 각각 소리를 높이고 하이파이브를 하고 얼싸안았다. 각자 기쁨을 나타내는 방법은 달랐지만 기쁨을 숨기지 않고 움직였다.

"아하하…… 굉장하네."

"죄송합니다. 갑자기 큰 소리를 내서."

"아니, 사과하지 않아도 돼. 기쁜 일이잖아? 우리 마법 과학 길드 직원들도 마찬가지고."

모카와 시드니우스는 뛸 듯이 기뻐하는 동료들에게 눈을 돌렸다.

여기까지 오랫동안 노력해왔으니까, 당연한 일이다.

"……이제 다른 사람들도 자유롭게 오르내릴 수 있겠네."

"벌레 마수들만 전부 쫓아내면 완벽하겠군요."

"그러면 승리를 축하하며 도시 사람들에게 설명하자고."

"그래야겠습니다. 아아, 다행입니다……."

후, 하고 가슴을 쓸어내리는 나를 보고 모카는 웃으면서 손을 내밀었다.

"신림 기사단에 정말 큰 신세를 졌어. 고마워."

"아뇨, 저희는 할 수 있는 일을 한 것뿐입니다. 감사 인사를 받을 사람은 그분들이죠."

악수하면서 시드니우스는 신수를 쳐다봤다.

이번 일의 공로자는 그들이기 때문이다.

"맞아. 하늘 나는 운반꾼 파티원 분들에게도 확실하게 고맙다는 인사를 해야겠지."

——그때.

"과연, 이렇게 된 거였군."

기쁨이 흘러넘치는 이곳에 무거운 목소리가 울렸다.

그 목소리는 작지만 이상할 만큼 확실하게 들렸다.

"보험 삼아 내가 남아 있길 천만다행이었어."

"베인……?"

마법 과학 길드 하층 반에 섞여 있던 외부 연구원, 베인이 한 말이었다.

그리고——.

"그럼, 시작할까. 【장기 폭발(임펙트 붐)】"

베인의 몸에서 일어난 대규모 폭발이 그 자리에 있던 사람들을 덮쳤다.

제6장 ◆본성

　큰 폭발과 함께 자욱하게 퍼진 보라색 연기가 주변을 뒤덮는 가운데, 모카는 눈을 떼지 않은 채로 소리를 질렀다.

　"조심해, 시드니우스 씨!"

　"알고 있습니다! 전투 준비! ——움직일 수 없는 사람들은 뒤로 물러나라!"

　그 말을 듣고 폭발에 견딘 기사단원들이 무기를 뽑기 시작했다.

　기사들이 일어나는 소리를 들은 시드니우스가 나에게 말을 걸었다.

　"괜찮습니까. 모카 씨."

　"응, 어떻게든. 싸울 만큼의 기력은 남아 있어……."

　폭발 직후 두 사람 다 마법이나 스킬로 급히 방어는 했지만, 결국 폭풍에 몇 군데 화상을 입고 말았다.

　그렇지만 움직일 수 없을 정도는 아니다.

　아직 싸울 수 있다.

　모카는 앞을 계속 바라봤다.

　보라색 연기 안에서 흔들리는 그림자를.

　"……【전신(轉身) 해제】"

그 말과 동시에 연기가 커튼을 걷듯 펼쳐졌다.

거기 서 있는 것은 백의를 걸친 베인이 아니었다.

"아아, 오랜만에 밖에 나왔군. 그리울 정도야."

호랑이처럼 생긴 머리와 손발을 가진 사람이었다.

외모는 호랑이 수인에 가까웠다.

덩치가 3m 가까이 되는 것만 빼면.

그가 걸치고 있던 백의는 호사스러운 경장 갑옷으로 바뀌어 있었다.

하지만 가장 눈에 띄는 건 등 뒤로 보이는 전갈과 똑같은 꼬리였다.

아무리 봐도 인간이 가지고 있을 꼬리가 아니었다.

그는 그 꼬리를 흔들며 졸린 듯이 기지개를 켰다.

"트리거가 발동한 건 다행이지만, 덕분에 할 일이 많아졌군. 뭐, 하나하나 처리할까."

그러자 그의 얼굴 옆으로,

"——."

붕, 하고 페네트레이트 비틀이 다가왔다.

그것을 본 베인이 입을 열었다.

"그래, 네놈들은 예정대로 위에서 마법 과학 길드를 상대해라, ……무얼, 이기지 못하더라도 내가 갈 때까지 시간만 벌고 있으면 돼."

그 모습을 보고 모카와 시드니우스가 얼굴을 찡그렸다.

"마수와 이야기하고 있어……? 베인, 당신은 도대체……!"

"그 모습을 보아하니 보통 수인이 아니구나……. 설마 마수…… 아니, 마인인가……?!"

그러자 베인이 눈을 살짝 찌푸렸다.

"이봐, 모카 소장, 기사단장. 단순한 마수랑 마인을 헷갈리다니 믿을 수가 없군. 나는 고대종의 힘을 얻은 마인. 마인 빙호군——베인이다."

자기 이름을 자랑하듯 베인이 말했다.

"바보 같은……! 베인…… 당신도 분명 기억 검사약 조사를 받았을 텐데……?!"

기억 검사약은 마법 과학 길드에서 만든 비약이다.

검사약을 마신 뒤 특수한 감응지(感應紙)에 손을 대면, 지정한 키워드와 연관이 있는 기억들이 자동으로 종이에 나타나는 비약이다.

그리고 당연히 외부 연구원들 부를 때, 마인이나 마수에 대한 기억을 조사했다. 물론 베인도 예외는 아니었다.

"어떻게 피해 숨어든 거지……?"

이를 갈면서 그렇게 말하자, 베인은, 흥, 하고 코웃음을 쳤다.

"소중한 도구를 써서 수고스럽게 기억을 옮겼으니, 당연히 안 걸리지. 정말이지, 모카 소장, 너 때문에 얼마나 고생했는지 아나? 외부에서 온 사람을 감시하려고 항상 길드원과 같이 다니게 하니."

베인의 말에 모카는 얼굴을 찡그렸다.

그의 말대로 외부에서 온 사람들은 내가 신뢰할 수 있는 연구원과 한 쌍으로 다니게 했다.

그렇게 한 이유는 연구의 인수인계를 수월하게 하기 위한 것도 있지만, 만약의 사태에 대비한 감시역이었다. 상황이 상황이다 보니 미안하더라도 그럴 수밖에 없었다.

이자는 그 두 번째 이유를 알고 있었던 모양이다.

"내가 조약(調藥) 성과를 냈는데도, 감시를 풀기는커녕 성가신 녀석들을 끌어들였지. ……너희만 없었으면 2주 전에 신수를 없앨 수 있었을 텐데 말이다. 그러나 너희들이 발버둥 치고는 꽤 머리가 잘 돌아간 탓에 연성의 용사가 올 시간을 벌었다. 그리고는 어이없게도 신수 정화에 성공했지. 밉살스러울 정도로 운이 좋더구나!"

그렇게 내뱉은 뒤, 후— 하고 베인은 한숨을 내쉬었다.

"네놈들 덕분에 쓸데없이 시간을 낭비했다……만, 네놈들이 쌓은 그간의 노력을 지금 내 손으로 부술 수 있다고 생각하면, 이것도 나쁘지 않군. 그러니 얌전히 포기해라. 【플래이그 타이거 소환】."

베인이 손을 내밀고 그렇게 외쳤다.

──보글.

갑자기 지면에서 보라색 거품이 생겨났다.

보글거리면서 거품이 점점 많아지더니 한곳에 모여서 형태를 이루기 시작했다.

거대한 호랑이 같은 모습이었다.

그런 보라색 호랑이 두 마리가 만들어져, 이윽고 눈에 빛이 깃들더니――.

"크르르."

――으르렁거리는 소리와 함께 움직이기 시작했다.

"마수를 소환한…… 겁니까?"

시드니우스는 갑자기 눈앞에 나타난 짐승을 보며 중얼거렸다.

그러자 옆에 있던 모카가 고개를 끄덕였다.

"그런 것 같아. 하지만 평범한 마수가 아닌 것 같네. 독 냄새가 나……!"

"물론이지. 이 녀석들은 내가 직접 만든 특별한 녀석들이거든. ……꽤 강하다고?"

베인의 말에 호응하듯 독수(毒獸) 중 한 마리가 이쪽으로 눈을 돌렸다.

"크아아!"

그리곤 단숨에 달려들었다.

사람보다 거대한 호랑이가 앞발의 날카로운 발톱으로 일격을 날렸다.

"――크!"

시드니우스가 검을 뽑아 호랑이의 팔을 자르려고 했으나――.

"……윽!"

잘리지 않았다. 덕분에 칼로 호랑이의 공격을 받아내는 꼴이 되어버렸다.

그리고 호랑이의 공격을 받아낸 것만으로 몇 미터를 튕기듯 밀려났다.

"히, 힘이 굉장하군요."

갑옷의 무게도 있으니 꽤 무거울 텐데.

한쪽 발을 가볍게 휘두른 것만으로 이 꼴이다.

그러자 빙호군은 호오, 하고 웃었다.

"역시 기사단장이군. 그걸 막을 힘이 남아 있다니. 신수를 회복시키기 위해서 동분서주한 피로가 아직 남아 있을 텐데, 과연 전쟁에서 돌아온 자답다. 꽤 하는군."

그 말은 이미 조소에 가까웠다.

그렇다. 이 녀석은 내가 누군지 알고 있다.

성가시게 됐구나 하고 얼굴을 찡그린 순간.

"쿨럭……."

시드니우스가 피를 토했다.

살펴보니 내 손 위에 꿈틀거리는 보라색 액체가 무늬를 만들고 있었다.

"폭발을 막을 때 독에 당했나……."

완벽하게 막았다고 생각했는데 어느 틈에…….

"큭……! 나한테 보여줘, 시드니우스 씨!【대독(對毒) 분석】……!"

내 말을 듣고 모카가 달려왔다.

그리고 스킬을 활용해서 보라색의 무늬를 본 것만으로 독을 분석한 것 같다.

"이 독은…… 세포를 망가트리는 출혈성 독이야. 설마 했는데, 저 짐승은 근처에 있는 것만으로 독에 감염시키는 것 같아……!"

모카가 독을 분석한 결과를 시드니우스에게 말했다.

그녀의 분석 결과를 듣고 빙호군은 즐거운 듯이 웃었다.

"크크크, 그렇다, 모카 소장. 네놈이라면 내 귀여운 플래이그 타이거의 독이 뭔지 잘 알겠지. 뭐, 신수를 감염시킨 독에 가까운 독이니까."

"그래. 하지만 이 정도라면 해독 포션으로 어떻게든——"

모카의 말을 덧칠하듯이——.

"으아아아아악."

——비명이 울렸다.

또 한 마리의 플래이그 타이거가 향한 곳이었다.

기사단원 하나가 마수의 공격을 막지 못하고 다리를 긁혔다.

상처는 얕게 스쳤을 뿐이다. 그랬는데.

"다리, 다리가……!"

옷이 찢어져 드러난 피부가 짓물러 움찔거리고 있었다.

게다가 독이 붙은 곳에서 연기가 나고 있었고, 살이 녹는 곳도 있었다.

그리고 독 자체가 천천히 다리를 침식하고 있었다.

"한 번의 공격으로 저렇게…… 해독 포션을 써라!"

시드니우스의 말을 듣고, 단원 중 한 명이 배급용 해독 포션을 부상자에게 뿌렸다.

그러나.

"——효, 효과가 없다니?!"

독의 침식은 멈추지 않았다.

계속해서 다리를 계속 녹이고 있었다.

"구호부대, 진찰해라!!"

곧바로 단원 중 구호부대 사람들이 다가가 진찰했다.

"마시게도 했고 상처에도 끼었었는데, 왜 사라지질 않는 거지……!"

"틀렸습니다! 낫질 않습니다……!"

그들이 몇 번을 시도해도.

해독 포션으로는 고칠 수 없었다.

"어, 어째서……. 이런 독성이라면 고칠 수 있을 텐데……."

모카가 초조한 표정을 지었다.

그녀의 독 분석 스킬은 상당한 수준이다. 그런데 그게 틀렸다니, 뭔가 이상하다.

그렇게 생각하고 빙호군을 바라보자——.

"큭큭, 당연하지. 내가 여기 있잖나. 내 영향을 받는 이상 독은 강화되어 포션으로는 고칠 수 없게 된다."

그렇게 단언했다.

게다가 그러는 와중에도——.

"우와아아아아아아!!!"

다른 기사단원들도 차츰 플래이그 타이거에 당해서 쓰러져갔다.

그러고도 맹공은 멈추지 않았다.

"생각보다 손쉬워서 다행이군. 한 마리 더 추가할까."

빙호군이 손가락을 튕겨서 소리를 냈다.

그것만으로 한 마리가 더 늘어나, 총 세 마리가 되었다.

"후우…… 후……."

그것을 본 시드니우스는 심호흡한 뒤——.

"모카 씨, 제가 시간을 벌 테니, 여기를 빠져나가 구원 요청과 구호를 해주십시오."

냉정하게 상황을 판단하고 그렇게 말했다.

이미 기사단이 여럿 당한 이상 어떻게 할 수 있을 거라는 생각은 버렸다.

할 수 있는 건 시간을 버는 정도.

그렇기에 다른 역할을 모카에게 부탁했다.

그러자 그녀는 잠시 망설이더니.

"……알았어. 곧바로 왕도와 근처 도시에 긴급 염문을 보낼게. 그리고 전력을 모아서 구하러 올 테니 죽으면 안 돼……!"

결단을 내리고 탈출하기 위해 달리기 시작했다.

그녀의 올바른 결단에 감사하며──

"알겠습니다……!"

그녀의 기대에 응하기 위해서 시드니우스는 힘을 끌어올렸다.

"흐음, 홀로 희생해서 한 명을 빼내려는 건가."

"희생하고 싶은 마음은 없다만, 이 도시를 위해서는 이게 제일이겠지."

"그렇군. 그럼 그 가장 좋은 방법으로 죽어라."

그런 빙호군의 말을 신호로 두 마리의 플래이그 타이거가 단번에 달려들었다.

두 마리가 한꺼번에 큰 다리를 치켜들고 시드니우스를 찢으려했다.

그러나.

"크으윽……!"

그 공격들을 시드니우스가 다시 막아냈다.

방어에 전념하면 아직 더 싸울 수 있다……!

공격은 최소한으로 하고, 방어에 전념하면서 돌아다니다가 틈을 봐서 어떻게든 쓰러트리면 된다. 그렇게 생각했다.

"흐음, 아직 싸울 수 있나. 정말 훌륭하군, 기사단장. 그렇지만……"

"으…… 흐……?!"

갑자기 현기증이 나서 무릎을 꿇었다.

"말하는 걸 깜빡했는데, 마지막에 만든 녀석은 의식을 흐리게 만드는 독을 가지고 있어서 말이지."

손이 떨려서 검을 쥘 수 없었다.

시야도 흔들렸다.

"하…… 하……."

숨이나 쉬는 게 고작이었다.

뒤를 바라보니 서 있는 건 자신뿐이었다.

다른 모든 사람은 독에 당해서 쓰러져 있었다.

아무래도, 버티지 못한 것 같다.

"그럼, 여기는 끝낼까. ……플래이그 타이거, 물어 죽여라."

빙호군이 얼굴에서 미소를 거두고는 플레이그 타이거에게 대충 명령을 내렸다.

그러자 그중 한 마리가 다가와서 입을 벌렸다.

그 순간.

"【연성:대지에서 만들어 낸 금속 말뚝】!"

뒤에서 튀어나온 굵은 말뚝이 마수를 꿰뚫었다.

갑자기 벌어진 일.

무슨 일인가 하고 보자──.

"아…… 데이지 님……?"

"겨우 문제를 해결했나 싶더니만 이번에는 위험해 보이는 마수가 튀어나왔군……. 꽤 난장판이라고, 친구."

"그런 것 같군."

데이지와 악셀을 포함한 용사들이 전부 그곳에 있었다.

시드니우스는 무릎을 꿇은 채로 고개만 뒤로 돌리고 말했다.

"악셀 씨, 데이지 님…… 오셨군요."

"응, 폭발음이 들리고 이어서 모카 씨가 외치는 소리가 들려서 이리 날아왔어. 그런데…… 저 녀석들은?"

그가 보라색 마수 셋을 보며 말했다.

"마인이 소환한 독수입니다……!"

그 설명이 끝나는 걸 기다리지 않고 플래이그 타이거 두 마리가 다가왔다.

"조, 조심하십시오……! 녀석들은 독 그 자체입니다. 닿은 것만으로 중독됩니다!"

내 말을 듣고 용사 일행은 얼굴을 마주 보더니──.

"그럼, 다 태워 버리지 뭐."

"그럼, 우리 특기 분야구나. 닿지 않으면 되는걸."

방에 서 있던 바젤리아와 데이지가 각자 한 손을 내밀었다.

"【연옥의 용식】!"

"【연성:대지에서 만든 압살구】"

그 순간.

한 마리는 바젤리아가 발사한 화염에 완전히 타버렸고, 남은 한 마리는 데이지가 연성한 쇠공에 찌부러졌다.

"……무슨 화력이……."

한편 그걸 본 사키는 고개를 끄덕이고.

"……보아하니 제가 나설 필요는 없겠군요…… 악셀, 그쪽은 괜찮습니까?"

뒤로 향했다.

뒤에서는 악셀이 몇 사람이나 부축한 채로 일으키고 있었다.

"이쪽은 괜찮으니까 적에게 집중해. ……당신들은 아직 움직일 수 있지? 부상자들을 창고 구역 밖으로 데려가려는데 할 수 있겠어?"

"그 정도는 할 수 있어. 미안, 면목이 없군."

"인사는 됐어. 그럼 움직여 줘."

오자마자 사람들을 구조하고 있었겠지.

쓰러져있던 길드원이나 기사단원들이 거의 보이지 않았다.

"남은 건…… 시드니우스를 포함해 움직일 수 없는 사람들뿐인가."

나는 그의 말에 살짝 고개를 끄덕여 대답했다.

"수고를 끼쳐 죄, 죄송합니다. 저보다는 우선 부하들부터 옮겨 주실 수 있습니까……."

"……알았어. 못 움직이는 녀석들은 내가 후방으로 옮겨 둘게."

그렇게 대답한 악셀은 부상자들을 뒤로 옮기기 시작했다.

그 대화를 듣고 있던 빙호군이 빙긋 웃었다.

"갑자기 시끄러워졌다만, 나…… '마인 빙호군' 앞에 잘 왔다,

용사들."

그러자 먼저 사키가 미소로 대응했다.

"자기소개 감사합니다, 마인 씨. 그런데, 당신은 우리가 누군지 알고 있군요?"

"물론. 전쟁 시대부터 네놈들이 위협적이라는 건 알고 있었다. **평범한** 빙호군으로서 싸운 기억도, 네놈들이 독 내성 스킬을 가지고 있다는 것도. 이번에는 거기에 '용사 악셀의 이름을 가진 운반꾼'이라는 성가신 것도 붙은 모양이지만, 뭐 그건 사소한 일이지."

큭큭, 하고 빙호군은 말하는 도중에 웃었다.

"이런 상황에서 웃다니, 상당히 여유롭네요, 마인 씨."

"당연하지. 여기서 너희들을 쓰러트릴 수 있다고 생각하면 웃음이 멈추지 않는다고. 오늘 마인 빙호군 베인의 이름으로 네놈들 용사를 멸한다. 이렇게 기분 좋은 건 없지."

참지 못하고 길게 크크, 하고 빙호군은 웃음소리를 흘렸다.

용사가 두 명에 용왕이 한 명. 심지어 공격 범위 안에 있는 상황임에도 그의 미소는 멈추지 않았다.

"뭐야 너. 지금 궁지에 몰린 건 너라고, 근데 무슨 생각으로……."

데이지가 말을 다 끝내기 전——.

"……콜록……?"

데이지의 입에서 피가 흘렀다. 아니, 데이지뿐 아니라,

"어……라……."

바젤리아도 같이 피를 토하고 있었다.
그리고 두 사람은 풀썩 무릎을 꿇더니 그대로 고꾸라졌다.

사키는 자신의 양옆에서 동료 두 사람이 쓰러지는 모습을 봤다.
"쿨럭……. 몸이 굳어져서 움직이지 않아……?"
"크……흑…… 뭐야 이건."
두 사람은 피부가 보라색으로 짓무르고 붓기 같은 증상이 광범위하게 퍼져 있을 뿐 아니라 그 붓기는 슬라임처럼 꿈틀거리고 있었다. 마치 독 그 자체인 것처럼.
"이, 이건! 데이지 님만큼 독 내성이 강해도 막을 수 없다는 겁니까……?"
시드니우스가 신음하듯 낸 소리에 사키가 인상을 썼다.
"……아니, 그냥 독이라면 용이나 카벙클이 가진 독 내성을 돌파할 수 없을 텐데요."
환마 생물은 마법이나 마법 독에 대한 저항력이 원체 높다.
게다가 쓰러진 건 용왕과 연성의 용사다.
나도 그렇지만 독에 대항할 만큼 스테이터스도 높고 스킬도 갖고 있다. 용왕도 마찬가지다.

애초에 독의 짐승을 쓰러트릴 때 몸이 닿지 않았는데.

즉 이건.

"······보통 독이 아니군요. ······아니, 애초에 그 호랑이한테서 나온 독이 아니군요."

그러자 앞에 있던 빙호군이 싱긋 웃었다.

"하하, 알아챘군. 어떤가? 내가 19년 넘게 연구에 연구를 거듭해서 만들어 낸 특제 조합 독이다."

"자랑입니까."

"그렇고말고. 오랜 세월 동안 매달렸으니까 자랑하는 정도는 괜찮지 않나. ······유감스럽게도 자율성을 주지 못한 것과 인간종에게는 거의 효과가 없는 게 문제지만. 뭐, 그래도 덕분에 독이 퍼져도 눈치를 채지 못했으니 일장일단이군. 나중에 개선할 필요가 있겠어."

그때야 사키는 뒤늦게 이해했다.

그들이 언제 중독됐는지 의문이었는데, 아무래도 우리가 이쪽으로 오기 전부터 어떠한 방법으로 공격을 하고 있었던 모양이다.

"콜록, 콜록······. 자연 회복 스킬로는 안될 것 같아······."

"그렇겠죠. 당신들의 몸을 침식하고 있는 독과 저 녀석의 몸이 마력의 끈으로 연결돼 있으니까."

보라색의 붓기에 침식당해 지금도 피를 토하고 있는 바젤리아와 데이지를 거쳐 빙호군을 차례로 쳐다보면서 사키가 말했다.

"역시, 마술의 용사. 그런 것까지 보이는 건가. ……네 예상대로 내가 그 독의 핵이다. 플래그 타이거 따위가 아니라."

이미 들켰기 때문인지 냉정한 얼굴로 그렇게 말했다.

곧 사키는 결론을 내놓았다.

"독과 녀석의 몸에서 나온 마력은 연결되어 있다…… 즉, 어느 쪽인가가 죽으면 효력이 없어진다는 말이군요."

"해석도 빠르군. 바꿔 말하면 독은 내가 죽을 때까지 사라지지 않는다는 뜻이지. 하지만 독에 찌든 너희들이 나를 죽일 수 있을 리 없다. 그럼 다시 시작이다. 【플래그 타이거】!"

"큭……! 겨우 쓰러트린 놈들을…… 이렇게 쉽게 다시 소환하다니……."

시드니우스는 검을 지팡이로 삼아 몸을 지탱하면서 이를 갈고 있었다.

상황이 좋지 않다고 판단한 사키는 앞으로 나섰다.

"호오, 네가 먼저 나설 텐가? 뭐, 뒤에 있는 녀석들이 천천히 죽어가는 모습이라도 보여 주도록……."

하지, 하고 빙호군이 입을 열었다.

그 순간.

"……!"

말을 끝내기 전에 빙호군에게 육박해 온 악셀의 검이.

"······윽?!"

빙호군의 안면을 비스듬하게 벴다.

"어, 어느 틈에······?!"

아무런 징조도 없이.

인정사정없는 공격을 가한 악셀을 보고 시드니우스는 경악했다.

······아, 안 보였어······!

방금까지 기사단원들을 후송하고 있었을 텐데.

순식간에 우리를 뛰어넘고 플래이그 타이거를 지나갔다. 인지할 수 없을 만큼 빠른 속도로.

그 탓에 플래이그 타이거조차 뒤늦게 그에게서 뒷걸음질 쳤다.

갑자기 나타난 적을 보고 겁을 먹은 상태였다.

그리고 악셀의 일격은 그대로 빙호군의 몸을 깊이 베었다.

"그 한순간에 저렇게 깊이 베었다니······!"

시드니우스가 그렇게 중얼거리는 사이에 빙호군의 머리가 **흘러내렸다.**

머리는 반쪽이 되었고 상반신도 어긋나기 시작했다.

핵이 머리에 있든 심장에 있든 보통 마수라면 치명상이다. 물론, 사람이라면 죽는 게 당연한 상처.

"이걸로 독이 풀렸어?"

그가 빙호군에서 눈을 떼지 않고 말했다.

그렇다. 빙호군은 이걸로 죽는다.

녀석의 말이 맞는다면, 독은 사라질 터.

그렇게 생각한 나는 주위를 둘러보았다.

"크윽……."

아직도 바젤리아와 데이지의 피부에 보라색으로 변색된 부분이 남아 있었다.

아니 꿈틀거리면서 증식하고 있었다. 더욱이!

"아, 아직…… 입니다! 독도 남아 있고…… 빙호군도 살아 있습니다!"

다시 악셀 쪽으로 시선을 되돌리자 머리 부분이 절반 정도 어긋난 상태로 빙호군이 입을 움직이는 게 보였다.

"소용 없……다……!!"

"머리가 베였는데 회복한다고……?!"

분명히 찢겼던 몸이, 흘러내린 머리가 다시 만들어지더니 아물기 시작했다.

그대로 눈 깜짝할 사이에 상처가 아물더니 흉터조차 남지 않았다.

그리고는 정상으로 돌아온 몸으로 백스텝을 밟아 악셀에게서 멀어졌다.

"운반꾼. 네놈의 움직임에는 놀랐지만, 그것뿐이다. 무슨 짓을 해도 쓸데없는 짓이다. 이 대지에 있는 한 나는 무적이다……!!"

빙글거리는 표정을 띄우면서 빙호군이 말했다.

"확실히, 대지에서 마력을 빨아들이고 있네요……."

기사 단장으로서 회복 마법도 배운 나는 그녀의 말을 듣고 조금은 이해할 수 있었다.

보라색과 초록색이 섞인듯한 빛의 선이 빙호군과 대지를 연결하고 있는 것이 희미하게 보였다.

……저건 우리가 대지에서 힘을 받아 회복하는 마법 스킬과 비슷하다…….

《성기사》나《기사단장》이 사용하는【대지 예찬】이라는 스킬이다.

그리고 눈앞에서 일어난 현상을 보건대 자신이 가진 회복 마법보다 효과가 강하다.

"아마, 저 마력 선이 연결된 한 계속 회복하겠죠."

"그런…… 말도 안 되는……!"

마술의 용사가 한 말에 시드니우스는 고개를 옆으로 흔들었다.

독을 쓰는 데다 땅에 있는 한 무한의 회복을 얻는다니.

그런 건 말도 안 된다.

"이해했겠지? 너희들은 나를 이길 수 없다. 아아…… 10년 동안 한 연구에 몰두하고 수십 년을 단련하면 용사들을 초월할 수 있다! 이렇게 좋은 게 또 있을까! 이때까지의 울분이 모두 사라지는 것 같군!"

빙호군은 잔뜩 도취한 표정으로 이쪽을 살폈다.

"자, 어떻게 된 거지? 덤벼라. 승부를 내자. 너희들이 약해질 때까지 어울려 주겠다."

그렇게 말하면서 손짓까지 했다.

이것은 도발이었다.

절대적으로 우위에 있으면서 공격을 유도하고 있다.

넘어가면 안 된다. 공격하면 상대방이 유리하니까.

하지만, 그것을 제하더라도 이미 독 때문에 몸이 말을 듣질 않는다.

……너무 강하다.

신림 기사단으로서 지금까지 단련해 왔다.

전쟁에도 나가서 살아 돌아왔다. 그런데도 대처할 수 없다니.

……말도 안 돼……!

시드니우스는 울분을 삼키면서 그렇게 생각했다.

하지만.

"과연, 그런 스킬이었나."

앞에 있던 악셀 씨는 태연했다.

마치 아무 일 없다는 듯이.

그리고.

"좋아. 그럼 나와 승부를 보자."

그렇게 말했다.

내 말에 빙호군은 고개를 갸웃거리더니 인상을 썼다.

"호오—— 운반꾼, 네놈이 도전하는가?"

"그래."

"어쩔 셈이지? 더는 용기사도 아닌 네가. 자신을 희생해서 다른 사람들을 구할 생각인가? 그건 그걸로 나쁘지 않군. 물론, 저 플래이그 타이거에게서 도망칠 수 있다면 말이지만."

"그런 게 아니야, 빙호군 베인. 내가 한다고 정한 것뿐이다."

그 말에 빙호군은 뺨을 부풀리고 웃었다.

"으하하하! 너희들은 그걸로 된 건가? 조금 강하고 조금 빠를 뿐인, 이 운반꾼 놈에게 모두 맡겨도 괜찮겠냔 말이다. 난 전부 덤벼도 상관없다고?"

도발인지, 얕보는 건지.

어느 쪽인지는 모르겠지만, 솔직히 아무래도 좋다.

그때 사키가 다가왔다.

"악셀…… 저도……."

싸울 생각인가보다.

하지만 그럴 필요는 없다.

"괜찮아 사키……. 나는 목표를 정했으니까. 너는 바젤리아나 다른 사람들을 부탁할게."

"……알겠습니다."

뒤를 부탁하자 사키는 웃음기를 지우고 진지한 표정으로 고개를 끄덕였다.

이제 그녀가 다른 사람들을 지킬 것이다.

그러자 다시 빙호군의 웃음소리가 들렸다.

"크크…… 정말 혼자서 덤비게 할 생각인가. 괜찮겠나, 마술의 용사? 자살행위라고?"

"괜찮습니다. 당신은 이미 사신에게 점찍혔으니까."

그런 빙호군의 말에 사키는 차가운 시선으로 쳐다보면서 그렇게 대답했다.

"흠? 소원이라도 비는 건가? 뭐, 머지않아 신은 모두 사라질 테니 아무래도 상관없다만. ……그럼 쓸데없는 소리는 됐으니 빨리 덤벼라. 아까부터 쳐다보는 걸 보니 덤비고 싶은 마음이 가득한 것 같은데. 물론, 너에게 그럴 용기가 있다면 말이지만."

"그래. ……그럼 시작할까, 빙호군."

그렇게 말하고 나는 과거운송을 발동했다.

다만, 운반하는 건 힘만이 아니다.

용기사 시절에 품고 있던 '정신'을 떠올렸다.

이건 스킬이 아니다. 그저 내가 기억을 상기할 뿐.

마인을 상대하던 시절의 정신, 움직임, 감정, 모든 것을 과거에서 가져와 마음을 가다듬었다.

지금의 나는 운반꾼이다. 직업은 변하지 않는다.

──하지만 지금만큼은, 용기사의 각오로 임한다.

이가 삐걱거릴 만큼 악물어 분노를 억누른 뒤, 나는 오른손에 검을, 왼손에 창을 들었다. 용기사 시절의 전투 스타일로.

"……그래. 전직 용기사로써 너에게 죽음을 보내 주마, 빙호군 베인……!"

"……윽"

사키는 눈앞에 있는 악셀이 뿜어내는 살기가 더욱 강해진 것을 곧바로 알아챘다.

"역시, 이렇게 되었습니까. 곤란하네요, 정말……."

"화, 확실히, 빙호군은 너무 강합니다."

내 말을 잘못 이해한 시드니우스가 동의했다.

내가 말한 것은 빙호군이 강하다든가 그런 게 아니다.

"그 말이 아닙니다. 악셀 말이에요."

"네?"

"저렇게 화난 건 오랜만이라……."

그러자 쓰러져서 있던 바젤리아가 수긍했다.

그녀도 저 악셀을 알고 있다.

"……으……응. 정말 무서웠던 시절의 주인이야……."

"이제 멈추기는 글렀군요."

"멈추지 않는다고 하시면……."

"그 말대로예요. 목적을 향해…… 계속 움직이는 겁니다. 그의 말대로 죽음을 보낼 때까지."

"뭐, 라고요?!"

그 말에 놀랐는지 시드니우스는 몇 초 동안 입을 뻐끔거렸다.

그리고 간신히 나온 말은.

"너무…… 무모합니다!"

──기가 막힌 듯한 말이었다.

"지금 그는 용기사가 아닙니다! 아무리 그래도 고대종과 섞인 마인을 상대로 이길 수 있다니요?!"

시드니우스는 용기사 악셀을 알고 있다. 그 힘을 알기에 그런 말이 나왔겠지.

사키는 그가 무슨 말을 하고 싶은지 알고 있었다. 하지만.

"주인은…… 이겨…….."

"그래……. 친구라면, 할 수 있어."

바젤리아와 데이지는 달랐다.

물론 사키도 다르다.

"바, 바젤리아 씨? 데이지 님? 무엇을 근거로 그런 말을……!"

"근거는…… 있어. 난, 주인의 파트너니까……. 주인의 힘을 알고 있으니까……!!"

"그래, 나는 악셀의 친구야. 친구니까 저 녀석이 어떤 장애물이라도 나아갈 힘을 가진 걸 알고 있어……!!"

데이지도 같은 생각이었다.

"그건…… 감정론입니다! 근거가 되지 않습니다……! 이대로는 그가 죽습니다……!"

시드니우스는 그들의 말에 거칠게 반대했다.

승산이 없는 싸움을 시킨다고 생각한 모양이다. 그야 트집을 잡으면 그럴지도 모르지만.

"네네, 다 죽어가는 상황에 말싸움은 그만 하세요, 여러분."

사키가 짝짝 손뼉 치면서 말했다.

거기까지다. 어차피 여기서 떠들어봐야 의미 없다. 직접 눈으로 보지 않는 한은 어차피 모를 거다.

"하이드라도 코스모스도 기사단장도. 당신들은 독에 당했으니까 악셀이 '저것'을 쓰러트릴 때까지 몸을 움직이지 말고 체력을 회복시키는 데에 집중하세요."

"사키 님……."

"뭐, 저로서는 악셀이 다치는 게 싫으니까 좋지 않다고 했을 뿐, 악셀이 한다고 정했고, 남편이 이기는 건 당연하니까 저는 걱정하지는 않지만요! 근거는 그걸로 충분하지 않나요?"

그런 소리를 하고 있자니.

"으르르……."

악셀에게 물러나 있던 플래이그 타이거가 다시 이쪽으로 왔다.

그리고는 주변을 배회하며 둥글게 포위했다.

"그럼, 어디. 악셀이 어떤 상처를 입고 돌아와도 맞이할 수 있도록 저는 이곳을 지키도록 하겠습니다."

그러고는 사키가 늘 쓰는 다리 갑옷을 소환했을 때.

"으으…… 나도 싸울래……."

바젤리아가 팔에 불을 붙이고 억지로 일어서려고 하고 있었다.

207

그러나 불꽃이 너무 약한 탓에 금방이라도 꺼질 것 같았다.

"움직이지 마세요, 하이드라. 독이 더 퍼질 뿐입니다. 어차피 싸우지도 못하잖아요."

"그, 그래도——."

"그냥 누워 있어요. 여기는 내가 어떻게든 할 테니."

사키는 바젤리아의 이마에 손을 대고 조심스럽게 몸을 옆으로 넘어뜨렸다.

"아무렴요. 남편이 돌아올 자리를 지키는 것도 아내의 일 아니겠습니까? 이 정도쯤이야 여유죠."

직후 사키의 눈빛이 날카로워졌다.

항상 짓고 잇던 웃음기도 지웠다.

"그리고 지금부터 말하는 건 아내로서의 활동과는 별도입니다만——."

사키는 주위를 둘러보면서 말했다.

주위에서 플래이그 타이거들이 다가왔다.

하나같이 약해진 바젤리아나 데이지를 노리고 있었다.

사키는 일어서서 한쪽 다리를 뻗은 상태로 몸을 한 바퀴 빙글 돌았다.

그것만으로 그녀들을 둘러싸듯이 해서 얼음으로 된 원이 나타났다.

반경이 십여 미터는 되는 그 선을 가리키며 사기가 말했다.

"그 선을 넘을 생각은 버리세요."

그 말을 무시하고 한 마리가 얼음 선을 밟았다. 그 순간.

──챙

선을 밟은 녀석이 곧장 얼어붙었다.
완전히 얼어붙었다.
그것을 보고 약간 겁이 났는지 플래이그 타이거들이 뒷걸음질
쳤다.

"……!"

하지만 곧 서로 얼굴을 마주 보더니 배후에 있는 두 명을 보고
입맛을 다시더니 다시 다가왔다. 어김없이 몇 마리가 또 얼어붙
었다.

"말을 알아들을 정도의 지능은 있을 텐데 또 도전하러 오다
니…… 좋은 베짱이네."
직후 사키의 표정이 변하며 주변에 검은 냉기가 흐르기 시작했
다.
분노의 열기가 보일 것 같이 안광이 번뜩였다.
"──더는, 내 친구들에게 닿을 수 있다고 생각하지 마, 이 자
식들……!"

한 걸음 한 걸음 다가오는 남자의 분위기가 바뀐 것을 베인은 알아챘다.

……뭐야, 이 중압감은……!

아까와는 차원이 다르다.

독에 당해서 용사들이 쓰러지고 나서 눈앞의 남자는 오로지 나만을 쳐다보고 있었다.

쭉 핵이 있는 내 심장을 쳐다보고 있었다.

녀석의 눈을 보고 있으면 몸이 떨릴 지경이었다.

……상대는 단순한 운반꾼이다……!

전직 용기사라고 해도 그건 변함없다.

뭐라고 해도 초급 직업이다.

독을 처박기만 하면 된다.

베인은 양손을 앞으로 내밀었다.

"가라, 【마이아즈마(장기 탄환)】!"

직후 양손에서 독의 구체가 발사됐다.

독은 빠르게 악셀에게 날아가──.

"……?!"

맞지 않았다.

격돌하기 전에 액셀이 지면을 차고 탄환을 아슬아슬하게 스텝으로 피하면서 이쪽으로 달려왔다.

……간파당했나……?!

스치지도 않고, 독 탄환을 피했다.

아무래도 운반꾼은 눈도 좋은 것 같다.

그렇지만, 솔직히 이 공격은 아무래도 상관없었다.

미끼일 뿐이다.

"회복한다는 걸 알고서도 덤비는가. 크크, 하나밖에 모르는군. 뭐, 어느 방향으로든 덤벼라."

노림수는 내 몸을 공격하게 만드는 것이다.

그래, 내 몸은 독 갑옷으로 지켜지고 있다. 【인펙션 아머】라는 스킬이다.

상대는 나에게 공격을 맞추기 직전에 내 몸에 두르고 있는 독에 당한다.

아까 처음 베였을 때도 운반꾼 녀석에게 독을 뿌리려고 했다. 기습 공격의 풍압으로 독이 전부 날아갔는지 녀석의 얼굴에 묻지 않았던 모양이지만.

……이번엔 그렇게 되지 않을 거다.

눈이나 귀, 코, 몸의 각 기능을 사용할 수 없고, 움직임조차 멈추는 신경독이다.

독 내성 스킬이 없는 사람이라면 한 번에 죽일 수 있는 독이다.

"간다…… 베인!"

창을 쳐든 악셀을 향해 베인은 양손을 크게 벌렸다.

그리고 독 갑옷의 농도가 가장 짙은 부분을 상대에게 내밀었다.

"그전에 독이나 먹어라!"

상대가 창을 휘두르기 전에 보라색 독을 방출시켰다.

······죽였다······!

독 내성 스킬이 없는 상대라면 치사량이다. 즉시 효과가 나타나고 창 한 번 휘두르지 못한 채 쓰러질 것이다.

그렇게 생각하던 베인이었으나.

"으억······?!"

악셀이 힘껏 휘두른 창에 배를 얻어맞았다.

악셀은 독 액체를 맞는 와중에도 창을 통해 돌아온 묵직한 느낌을 놓치지 않았다.

"크아······"

"그래, 무한히 회복한다 해도, 맞으면 고통을 느끼나 보군."

피를 토하고 있는 빙호군을 보고 공격할 수 있다는 걸 확신했다.

"네놈······ 움직임을 멈추는 신경독을 뚫고 공격하다니, 독에 대항할 스킬이라도 가지고 있는 거냐······!"

당연한 소리를.

과거운송으로 이미 준비했다.

나는 눈앞에 빙호군을 쳐다보았다.

······이 정도 충격이면 던져버릴 수 있나.

그렇다면 수단은 얼마든지 있다.

어디 한번 시험해볼까.

"그럼, 다음 공격이다."

나는 다시 빙호군을 향해 돌진했다.

"······흥, 운반꾼 스킬에 독 내성이 있을 줄이야······ 뭐, 상관없다. 충분히 대응할 수 있으니 말이다!"

내독(耐毒) 스킬을 관통할 수 있는 독도 준비되어 있다.

이 수십 년간의 수련 성과를 운반꾼 따위에게 사용할 줄은 몰랐지만.

······전직 용사라고 하면 그건 그걸로 됐다!

"네놈도 내 수련 결과를, 독을 먹어라! 【융해의 탄환(커럽션)】!"

커브 볼을 던지듯 독을 발사했다.

이번 공격은 점이 아니라 선이다.

이번에는 악셀을 약간 스쳐 지나갔다. 그러나.

"이 독도 효과가 없다고······?"

악셀은 계속 움직이고 있었다.

독에 당했는데도 말이다.

"새로운 내성 스킬── 아니. ······네놈, 버티고 있을 뿐이구나?"

보였다.

운반꾼의 팔이 짓무른 것을.

……죽일 수 있겠어.

빙호군은 확신하고 있었다.

이 기술은 녀석에게 통한다.

그리고 나는 독 갑옷을 입고 있다.

나를 공격할수록 녀석은 중독되어간다.

……즉, 녀석이 적극적일수록 유리해지는 것이다.

그렇기에 나는 과감히 도발했다.

이로써 상대는 스스로 점차 약해질 것이다.

나는 나를 쓰러트려야 해독할 수 있다는 걸 미끼로 삼는다.

지금까지 그렇게 헤쳐나왔다.

그것만으로도 영웅이라 불리는 자들과 싸울 수 있었다.

독에 내성이 있다 한들, 완전히 막지 못한 이상 녀석에게 승산은 없다.

"하하, 그래! 나에게 무한회복이 있는 이상, 너만 약해질 뿐! 여기서 나를 죽이는 건 불가능하다!"

확실히.

두 번째 공격은 독 내성 스킬만으로는 완전히 막을 수 없었다.

이대로 싸우는 건 상책이 아니다.

방법을 바꿔야겠군.

"빙호군, 널 내 전장에 데려가 주마."

"음……?!"

나는 빙호군을 향해 달려가면서 과거운송 스킬을 사용했다.

"【드래곤 킥】, 【드래곤 머누버】! 연속 콤보……!"

직후 나는 지면에 균열이 생길 만큼 강하게 박차고 나아갔다.

"──?!"

뒤에서 흰 증기 폭발이 일어날 정도의 속도.

빙호군이 반응하기도 전에 창으로 몸을 꿰뚫었다.

"윽……!"

하지만 이걸로 끝이 아니다. 콤보 기술이다.

"……!!"

나는 창으로 꿰뚫은 직후에도 멈추지 않고 계속 돌진했다.

줄지어 서 있는 창고 벽을 계속 관통하면서, 직선으로.

창고 벽과 부딪칠 때마다 빙호군이 몸에 상처를 입었다.

"이, 이 정도로…… 내 재생은 멈추지 않는다!"

그의 말대로 창고 벽에 찢기든 찌부러지든, 상처가 곧바로 회복하고 있었다.

이미 알고 있는 사실이다.

"──지금부터 잠깐, 대지와는 작별이다. 빙호군."

"윽……!?"

이윽고 신수 아랫부분이 보인 순간 나는 스킬을 발동했다.

완전히 회복한 지금이라면 신수가 충격을 견딜 수 있을 것이다.

"【드래곤 드라이브】."

땅을 박차고 뛰어올라, 다시 허공을 박차고 올라간다.

땅에서 드높은 하늘로.

"우……오오오……?!"

빙호군은 창에 꽂힌 채로 악셀과 함께 하늘을 향해 올라가고 있었다.

굉장한 속도로 신수 줄기를 차면서 하늘로 올라가고 있다.

어디에서 이런 추진력이 나오는 거지……?!

빙호군은 곧 악셀의 몸에 빛이 감돌고 있다는 걸 깨달았다.

……이 녀석! 신수의 마력을 빨아들여서 가속하고 있는 건가……?!

악셀은 신수를 마치 레일처럼 쓰고 있었다.

그는 공중에서 더욱 가속하며 계속 위로 향했다.

노림수는 명백했다.

"어디까지 가면 네 회복이 끊어질까……?"

악셀이 웃으면서 슬쩍 말했다.

"크윽……! 쓸데없는 발버둥을……!!"

빙호군은 독 탄환으로 악셀을 공격했다.

이 거리에서 피하는 건 불가능하다.

곧 악셀의 몸과 양팔이 독에 침식됐다.

그렇지만 상승세는 멈출 줄을 몰랐다.

"그……오오……!"

이윽고 하늘로 치솟는 기세를 이기지 못하고 빙호군의 팔이 먼저 꺾여버렸다.

이어서 서서히 살이 뜯겨나가기 시작했다.

"이, 이 정도로 회복은 멈추지 않는다……!"

【대지 착취 재생】이 발동하고 있는 한, 어떤 상처라도 곧바로 회복한다.

지금도 연기를 내며 상처가 낫고 있었지만.

회복력이 떨어졌어?!

아까와는 상황이 달랐다.

곳곳에 찢긴 살이 돌아오지 않고 있었다.

팔이 완전히 낫지 않는다.

"계속 스킬이 약해지고 있나 보군?"

그것을 보고 악셀이 씩 웃었다.

"크…… 으…… 네, 네놈도 무사하지 텐데……!"

그렇다, 웃고 있는 악셀의 팔도 점차 망가지고 있다.

스킬이 너무 강력한 데다 독까지 퍼지고 있지만 그냥 참고 있을 뿐이다.

이런 기세로 상승하면 다치는 것이 당연했다.

……애초에 이런 터무니없는 스킬을 사용할 때는 자기보호 스킬도 병행하는 게 기본이다.

하지만 이 남자는 그렇게 하지 않았다. 혹은 할 수 없는 것인지도 모른다.

반동은 눈에 빤히 보인다.

하지만, 신경조차 쓰지 않는지 오로지 돌진을 반복했다.

"왜 멈추지 않는 거냐……!!"

"네가 살아 있는데 멈출 리가 없잖아……?"

입으로만 웃으면서 흘러나오는 본심.

그 말에 등골이 오싹했다.

지금까지 적을 끌어들이는 방식으로 싸웠지만, 이 상황은 몹시 곤란하다.

재생 스킬의 효과 범위에서 벗어나는 상황이 가장 성가시기 때문이다.

그렇기에 상대방이 묘한 수작을 부리기 전에 독으로 약화시킨다.

강력한 독들은 다 그것을 위한 노력이었다. 그것이 대책이었다.

생물인 이상 독이 퍼지면 약해진다.

그렇기에 독을 가진 생물들이 위에 서는 것이다.

그런데 눈앞의 사내는 아무리 독이 퍼져도 개의치 않고 다가온다.

"미쳤구나……!"

독 앞에 적이 약해지는 건 당연한 섭리.

설령 죽지 않더라도 기세가 꺾이는 법.

그것이 내 독이다.

수련과 단련과 연구의 끝에 간신히 빚어낸 독이다. 효과가 없을 리가 없다.

……효과는 반드시 있다!

녀석은 지금도 약해지고 있다.

팔의 피부는 이미 산화했고 이제는 뼈가 보일 지경이다.

아무리 분노로 가득 찼다고 한들 격통을 느끼고 있을 터.

생물이라면 생명 본능이 움직일 텐데!

"오오오……!"

그런데 이 운반꾼은 그런 것도 없는지 도저히 멈추질 않는다!

"네, 네놈은, 생물로서, 미쳤다……!"

"그게…… 내가 널 죽이는 걸 멈출 이유가 되나……?"

"큭……!"

미쳤다.

이 녀석은 미쳤다.

……나를 죽일 생각밖에 없다!

……괴물 같은 놈……!

그렇게 생각한 것도 잠깐.

"자, 도착했다. 빙호군 베인."

그 말과 함께 상승세가 약해지기 시작했다.

드디어 발이 멈췄나.

……아니, 이건 그런 게 아니다.

눈앞의 사내는 목적에 도달한 것이다.

이미 우리는 신수 알 에덴 정상에 있었다.

"어때, 빙호군 베인. 내 전장의 풍경이? 저 아득한 아래에 도시가 보이는 게 아름답지 않나? ……봐, 사키가 호랑이들을 얼리는 것도 보이네."

"네, 네놈……!"

올라오면서 목을 다쳤는지 목소리도 잘 나오지 않았다.

그것을 보고 악셀이 웃었다.

"아, 드디어 스킬의 범위에서 벗어난 모양이군."

신림 도시가 한눈에 들어올 만큼 까마득한 높이.

신수 알 에덴 위에서 노을빛과 밤의 별빛이 섞이고 있었다.

"슬슬 끝이다."

나는 창을 쥐었다.

【드래곤 드라이브】효과가 끝나고 기세가 완전히 죽기 전.

나는 몸을 회전시키면서 창을 크게 휘둘러 올렸다.

"윽…… 이 정도로……! 진짜 마인을 얕보지 마라……!!!"

그렇지만, 빙호군은 아직 포기하지 않았다.

재생이 끊어져 양팔에서 피를 흘리면서도 손톱을 꺼냈다.

"우오……!【데들리 타이커 스트라이크】……!!"

이어서 거대한 보랏빛 손톱이 빙호군의 팔에 나타났다.

그의 손톱이 나를 향해 다가왔다.

하지만 상관없다. 이미 늦었다.

"──빙호군 베인. 너를 도시의 별로 만들어 주마."

이미 내 스킬이 발동했으니까.

"【드라고니르 이클립스】……!"

직후, 내 주위에 여러 개의 마법진이 나타나 창끝에 모였다.

창끝에 모인 마법진은 강대한 빛을 뿜어내며 세 갈래 뿔을 만들었다.

이윽고 하늘을 찢는 뿔이 완성됐을 때, 창끝이 스킬의 위력에 견디지 못하고 부서졌다.

하지만 이 정도 대가는 아무것도 아니다.

"──!!"

창을 내지르는 순간 스킬이 움직이기 시작했다.

거대한 용신의 뿔이──.

일직선으로 빙호군을 향해 돌진했다.

그리고 빙호군의 스킬과 격돌했다.

"누, 우우우우우아……!!"

하지만 그것도 한순간.

빙호군의 손톱이 순식간에 전부 부서지고.

"이런, 말도 안 되는……! 운반꾼 따위에게……에…….."

그대로 용신의 뿔은 빙호군을 꿰뚫으며 그의 단말마와 함께 몸을 남김없이 소멸시켜버렸다.

【규정 조건 달성. 운반꾼 레벨업!】

【스킬 취득. ──신역 운송 기능 · 허가 · 추가 수여. 『신의 세계에 들어가도 운송 중에는 잠시 견딜 수 있게 됩니다.』】

최강 직업(용기사)에서 초급 직업(훈련꾼)이 되었는데,
어째서인지 용사들이
의지합니다

에필로그 ◆ 푸르른 나무를 뒤로하고

빙호군을 토벌한 지 며칠이 지났다.

"벌써 떠나시는 겁니까."

푸른 잎이 달리게 된 신수 아래에서 모카와 시드니우스가 나를 배웅하러 나와 있었다.

"그래. 충분히 쉬었고, 충분히 즐겼으니까. 그보다 두 사람 다 몸은 괜찮아?"

"예, 빙호군의 독이 완전히 사라졌으니까요."

"신수도, 다른 사람들도 건강해. 뭐, 이때까지 야단법석 떤 걸 떠올려보면 알겠지만."

모카가 웃으면서 한 말에 '그러게' 하고 웃음을 띄웠다.

신수가 회복하고 나서 신림 도시는 전과는 비교가 되지 않을 정도로 활기가 생겼다.

빙호군을 토벌한 후.

신림 기사단은 주민들에게 신수 괴사 사건을 설명하며 온 도시를 돌아다녔다.

그간의 자초지종이 알려지자 마법 과학 길드와 데이지, 그리고 우리 일행을 도시의 모든 사람이 영웅으로 대해주었다.

그 후에 마법 과학 길드나 기사단, 도시 주민들까지 섞여서 연회를 열어 며칠 동안 시끄럽게 지냈다.

더 이상 빙호군의 독에 시달리는 사람은 없었기에 모두가 즐거워했다.

"신수도 그렇고, 사람들이 건강해져서 다행이야."

"그리고 그란츠 씨도 말이지. 너덜너덜해진 팔을 봤을 때 바젤리아 씨와 사키 씨가 얼마나 당황하던지."

그러자 나에게 달라붙어 있던 두 명이 고개를 끄덕였다.

"주인이 화가 났을 때부터 어느 정도 예상은 했지만……."

"예. 매번 그렇지만 정말로 심장에 안 좋아요. 반드시 돌아올 거라는 확신은 늘 갖고 있지만, 이따금 한계를 넘을 것 같아서 말이죠. 이렇게 꽉 붙잡고 있지 않으면 안 되겠어요."

그렇게 말하면서 나에게 꽉 달라붙었다. 물론 그녀들뿐만이 아니었다.

"맞아. 친구는 온몸이 상처투성이인데 아무 일 없다는 듯 평범하게 걸어오질 않나. 약을 연성하는 게 늦지 않아서 다행이었다고."

"그래, 그때는 너희들 덕분에 살았어."

모두가 분담해서 순식간에 약을 만들어 준 덕분에 그 자리에서 완전하게 회복할 수 있었다.

덕분에 팔도 다리도 문제없다.

시드니우스는 진지한 표정으로 감사 인사를 했다.

"악셀 씨께서 그렇게 몸을 내던지면서 노력해 주신 덕분에 이 도시가 무사할 수 있었습니다. 거듭 감사드립니다."

"빙호군을 쓰러트린 건 나지만, 그 마인이 말한 것처럼 시드니우스를 포함해서 여러 사람이 노력해서 신수를 지킨 거잖아. 나 혼자 한 게 아니야."

이건 신수 도시의 사람들이 꾸준히 노력해서 겨우 도달한 결과다.

그렇게 말하자 시드니우스가 쓴웃음을 지었다.

"악셀 씨께서 그렇게 말씀 해주시니 왠지 조금 한심함이 사라지는 것 같습니다."

"내 생각도 그래. ……그런데 설마 마인이 나타날 줄이야……."

"실베스타에서도 이런 일이 있었다고 애들이나 악셀 씨의 이야기 도중에 듣긴 했습니다만, 이렇게 강한 녀석은 처음이었던 겁니까?"

"응. 전에 본 녀석은 평범한 사람에 가까웠거든."

"아무래도 마인은 신수를 노리고 왔다고 보는 게 맞을 것 같군요. 대체 무슨 꿍꿍이였는지……."

"마인은 신을 싫어하니까요. 그래서 신에게 받았다 전해지는 신수를 공격한 게 아닐까요?"

으음, 하고 모카와 시드니우스는 고개를 갸웃거렸다.

결국, 그들이 무엇을 노리고 있는지는 알아낼 수 없었다.

애초에 마왕 대전이 한창일 때는 마인끼리 조직을 만드는 일은 없었다. 각자 제멋대로 움직이기 일쑤였으므로.

하지만 연일 이런 사건이 있는 것만 봐도 녀석들이 조직으로 움직이고 있는 건 분명했다.

"……앞으로 무슨 짓을 할지 모르니 조심하는 게 좋겠어."

"네, 맞습니다. 안 그래도 강신기가 가까우니 저희도 주의하겠습니다."

나는 시드니우스의 말을 듣고 문득 스킬표가 떠올랐다.

……그러고 보니 스킬 표에 이상한 말이 적혀 있었지.

바로 '신역 운송 가능'이라는 영문 모를 스킬이다.

스킬 설명도 『신의 세계에 들어가도 운송 중에는 잠시 견딜 수 있게 됩니다.』라고 적혀 있을 뿐이라 짐작조차 할 수 없었다.

……신역이라…… 용기사 시절에 한 번 갔다가 죽을 뻔했던 적이 있었지…….

언젠가 신구(神具)를 부서질 때까지 사용해서 잠시 신들의 세상으로 들어간 적이 있었다.

신역은 발을 들이는 것만으로 대미지를 입는 데다 호흡할 때마다 몸이 약해지는 느낌이 든다.

신구가 없었다면 버틸 수 없었을 거다.

가만……? 즉, 신구 없이도 신역에 갈 수 있다는 이야기인가?

신의 세계에 다시 갈 일이 있을까?

하지만 이미 생긴 스킬을 어찌하겠는가.

"그런데 그란츠 씨는 이제 어디로 갈 거야?"

모카가 그렇게 물었다.

"음…… 이번에는 사진(砂塵) 도시에 한번 가 보려고. ……창이 망가졌거든."

나는 운송주머니에서 창을 꺼내 보여 주면서 대답했다.

용기사 시절부터 쭉 사용하던 창인데, 그날 마지막 공격을 끝으로 창날 부분이 완전히 부서졌다.

남은 부분도 이미 균열투성이였다.

"빙호군과 싸우면서 망가졌군요."

빙호군을 쓰러트릴 때 썼던 스킬의 위력에 버티지 못한 모양이다.

몸을 격하게 다루는 스킬도 마찬가지지만, 원래 그만한 스킬을 사용할 때는 창을 보호하는 스킬이나 충격 분산 스킬을 같이 쓰는 것이 보통이다.

하지만 과거운송으로 가지고 올 수 있는 스킬은 최대 세 개뿐이었으므로, 창까지 지킬 수는 없었다.

"추억이 담긴 물건이라 버리고 싶지는 않거든. 그렇다고 망가진 채로 둘 수도 없고……. 고칠 수 있는 사람도 별로 없고."

도시 대장장이들에게 망가진 창을 보여줬지만 하나같이 고칠 수 없다는 대답뿐이었다.

소재가 너무 단단한 탓에 손을 쓸 수가 없다고.

"그런데 데이지가 고칠 수 있다고 하더라고."

"아무렴, 내가 반드시 고쳐 줄 테니 안심해, 친구!"

"아, 역시, 데이지 씨도 따라가는구나."

"그래. 여기서 할 일은 다 끝났으니까."

도시에서 연회가 열렸을 때 데이지가 찾아와 자기도 따라가고 싶다고 말했다.

자기가 그러겠다는데 내가 거절할 필요는 없겠지.

데이지가 같이 간다면 도움이 될 일도 많고.

무기 수리도 그중 하나다.

"사진 도시에는 내가 전쟁 때 두고 온 소재나 도구가 있거든. 그래서 거기로 가자고 했지."

데이지 말로는 수리 소재로 쓸만한 것들이 잔뜩 쌓여있다는 모양이다.

이번에는 그걸 회수하러 가는 셈이다.

"친구의 물건이니까 말이지. 소재만 있으면 책임지고 수리해 주겠다 이거야."

"고마워, 데이지."

어깨에 있는 데이지를 쓰다듬자 에헤헤, 하고 기쁜 듯 웃었다.

같이 여행할 동료가 한 명 늘었으니 좀 더 즐겁게 도시들을 돌아다닐 수 있을 것 같아서 기뻤다.

"아, 참, 그란츠 씨. 보답하는 걸 잊고 있었네."

모카가 문득 그런 말을 했다.

"응? 보답이라니. 여러 사람에게서 돈도 받았고 음식이나 물자도 받았는데……."

"아니, 그건 도시에서 한 보답이고 마법 과학 길드 『카프리콘』 입장에서는 아직 해주지 않았으니까. 그란츠 씨의 반지에 인증 마크를 넣으려고. 신용의 증거지."

모카가 품에서 보석이 붙은 금속 막대기를 꺼내면서 말했다.

"아, 그거구나."

나도 방금까지 잊고 있었지만, 길드에는 인증 마크가 있다.

반지를 내밀자 모카가 봉으로 눌러서 새로운 문양을 새겼다.

"응, 이걸로 OK."

"고마워, 모카 씨."

그렇게 대화하고 있자니 이번에는 모카 옆에 있던 시드니우스 가 앞으로 나왔다.

"악셀 씨. 신림 기사단에서도 보답을 하고 싶습니다. 부디 이걸."

그는 카드 한 장을 내밀었다.

신수를 닮은 마크가 새겨진 나무로 된 카드였다.

"이건……?"

신림 기사단에서 중요한 손님에게만 드리는 신림 어음입니다.

"어음…… 이라면 어딘가에 쓸 수 있는 건가."

"네. 길드 인장과 비슷합니다. 이미 악셀 씨는 여럿 가지고 계 시니 신용은 더할 나위가 없습니다만, 신림 기사단은 이 나라뿐 만 아니라 해외에도 지부가 있습니다. 그렇기에 관문 등에서 신 용 증서 같은 것으로 쓸 수 있죠. 어느 나라든 이것만 있으면 들 어갈 수 있고, 문제가 생겼을 때는 이것을 보여 주면 도와주는 사람이 꼭 있을 겁니다."

"어…… 함부로 내주는 게 아닌 것 같은데, 받아도 되겠어?"

"물론입니다. 오히려 악셀 씨 같은 분에게 드리지 않으면 의미가 없지요."

곤란한 듯한 미소를 띠면서 시드니우스가 그렇게 말했다.

"그럼, 고맙게 쓸게."

이제 해외로도 행동 범위를 넓일 수 있게 되었다.

"필요할 때 써 주십시오."

"알았어. ……그럼, 슬슬 갈게. 시드니우스, 모카 씨."

"다시 만날 날을 기대하고 있을게, 그란츠 씨."

그런 말과 푸른 신수를 뒤로 한 채.

"주인—. 사진 도시는 저쪽이래!"

"꽤 먼 거리니까 도중에 역참 마을에서 묵고 가는 게 좋겠네요."

"이야~ 시끌벅적하네, 친구!"

앞에서 동료들의 목소리를 들으면서 새로운 도시, 사막 도시로 향했다.

악셀이 신수 도시를 나서던 날.

전직의 신전 무녀는 언제나처럼 맡은 일을 수행하고 있었다.

전직 업무가 아니고 무녀의 일과 중 하나로, 신전 출입구를 청소하면서 이따금 전직 신과 대화하는 것이다.

가끔 신전 안에 종이가 떨어지면 그걸 보고 말로 대화를 나누는 식이다.

마력이 꽤 필요하지만, 대화라 해봐야 그냥 잡담이나 하는 정도라 생각보다 별거 없는 일이었다.

그런데.

"미, 미안하군…… 누구, 있나……."

오늘은 웬 상처투성이 남자 하나가 머리에 하얀 붕대를 감고 신전으로 휘청거리면서 뛰어 들어왔다.

"앗? 괜찮으세요?! 이렇게까지 다치시다니, 대체 무슨 일이……."

"아, 아냐, 내 몸 따윈 아무래도 상관없어. 그보다 여기가 전직의 신전인가?"

"네. 여기가 별의 도시 크레이트의 전직의 신전이에요."

"다행이다……. 이 도시에 『하늘을 나는 운반꾼』이 있다고 하던데, 지금 어디 있나?"

"예……?"

"부디 그 운반꾼에게 전해다오. 우리 도시가 모시는 신께서 하늘 나는 운반꾼을 만나고 싶어 하신다고……!!"

작가 후기

『최강 직업 《용기사》에서 초급 직업 《운반꾼》이 되었는데, 어째서인지 용사들이 의지합니다.』 3권을 구매해 주셔서 감사합니다, 저자 아마우이 시로이치입니다.

이번 권은 이제까지 나온 사건 중에서도 가장 흉악한 사건이 도시를 덮쳐, 전에 없던 장소로 운송을 도전하는 이야기입니다. 또, 그와 동시에 악셀의 본성을 살짝 보여 주는 이야기이기도 합니다.

이 3권까지가 악셀이 운반꾼의 길에 들어서는 모습을 보여주는 《최강 직업 초급 직업》의 개막편입니다.
다음부터는 숙련된 악셀의 더욱 통쾌한 트랜스포터 판타지가 시작됩니다.

그리고, 여기부터는 선전입니다만, 이 작품을 원작으로 한 만화책이, 소학관 어플 『망가완』에서 주간 연재 중입니다. 만화 작가는 유키지 님. 현재는 『우라 선데이』와 『니코니코 세이카에』서도 읽을 수 있습니다.
만화책은 저번 10월 시점으로 2권까지 발매됐습니다. 정말 재미있으니, 여러분, 꼭 한번 읽어 주시기 바랍니다.

여기서부터는 감사 인사입니다.

일러스트레이터 이즈미 사이 님. 새로운 용사 데이지를 비롯해서 캐릭터 디자인 감사합니다! 정말 귀엽게 그리셔서 기뻤습니다.

담당 편집자 타바타 님, 가가가 문고 편집부 여러분, 그리고 관계자 여러분. 3권도 도와주셔서 정말 감사합니다!

신도샤 디자이너 님. 이번에도 여러 부문에서 멋진 디자인을 해 주셔서 감사합니다.

마지막으로 여기까지 읽어 주신 독자 여러분, 3권도 마지막까지 읽어 주셔서 감사합니다!

더 통쾌한 운반꾼 이야기가 시작될 예정인 다음 권에서 다시 만납시다. 그럼.

2018년 초가을 아마우이 시로이치.

도르트 카우프만

직업 : 《근접 무투 상인》
이명 : 『상업 길드의 얼굴 겸 조정자』

근력	B
마력	E
체력	B
속력	C
상태이상 내성	D
행운	D

대표적인 스킬
【상담(商談)】

마리온 후베루주

직업 : 《공의비각》 이명 : 『숨은 귀신교관』

근력	D
마력	C
체력	C
속력	B
상태이상 내성	B
행운	E

대표적인 스킬
【불지(不止)】

character status

| 캐릭터 스테이터스

사키 리즈누아르

직업 : 《극점의 마술사》
이명 : 『얼음 같은 미소의 마술사』

근력	A
마력	S S
체력	A
속력	B
상태이상 내성	S
행운	A A

대표적인 스킬
【프리즈 아이스 로드】
【프리즈 프리마 스테이지】
【드레스 업 아이스 링크】
【프리즈 그란필드】

데이지 코스모스

시드니우스 그랑아블

모카 페이

character design.3

최강 직업 (용기사) 에서 초급 직업 (운반꾼) 이 되었는데,
어째서인지 용사들이 의지합니다 3

캐릭터 디자인

SAIKYOSHOKU RYUKISHI KARA SHOKYUSHOKU HAKOBIYA NI NATTANONI,
NAZEKA YUSHATACHI KARA TAYORARETEMASU 3
by Shiroichi AMAUI
©2018 Shiroichi AMAUI Illustrated by Sai IZUMI
All rights reserved.
Original Japanese edition published by SHOGAKUKAN.
Korean translation rights in Korea arranged with SHOGAKUKAN,
through Shinwon Agency Co.

최강 직업에서 초급 직업이 되었는데, 어째서인지 용사들이 의지합니다 3

2019년 5월 8일 1판 1쇄 인쇄
2019년 5월 15일 1판 1쇄 발행

저   자 아마우이 시로이치
일 러 스 트 이즈미 사이
옮 긴 이 정명호
발 행 인 유재옥
본 부 장 조병권
담당편집자 조찬희
편 집 1 팀 김민지 이성호 정영길 조찬희
편 집 2 팀 김다솜 지미현
편 집 3 팀 김효연 박상섭 임미나
라이츠담당 박선희 오유진
디 지 털 박지혜 최민성
인쇄제작처 코리아피앤피
발 행 처 ㈜소미미디어
등   록 제2015-000008호
주   소 서울시 마포구 토정로222, 403호 (신수동, 한국출판콘텐츠센터)
판   매 ㈜소미미디어
마 케 팅 한민지 한주원
전   화 편집부 (070)4164-3962, 3963 기획실 (02)567-3388
            판매 및 마케팅 (070)4165-6888, Fax (02)322-7665

ISBN 979-11-6389-506-0
ISBN 979-11-6389-057-7 (세트)